Brigitte Blobel
wurde 1942 in Hamburg geboren. Nach dem Studium der Theaterwissenschaften, Politik und Zeitungswissenschaften arbeitete sie als freie Journalistin für verschiedene Zeitschriften. Bis heute hat Brigitte Blobel neben vielbeachteten Reisereportagen und Drehbüchern zahlreiche Romane für Erwachsene und Jugendliche veröffentlicht, für die sie bereits mehrfach ausgezeichnet wurde. Sie lebt heute in ihrer Heimatstadt Hamburg.

Brigitte Blobel

STARKE MÄDCHEN

Alinas letzte Chance

SCHNEIDER BUCH

Die Deutsche Bibliothek – CIP-Einheitsaufnahme

Blobel, Brigitte:
Starke Mädchen / Brigitte Blobel. – München : Egmont Schneider

Alinas letzte Chance. – 1999
ISBN 3-505-11004-3

Dieses Buch wurde auf chlorfreies, umweltfreundlich hergestelltes Papier gedruckt. Es entspricht den neuen Rechtschreibregeln.

Der Schneider Verlag im Internet:
http://www.schneiderbuch.de

Titelfoto: Dominik Parzinger
Umschlaggestaltung: ART-DESIGN Wolfrath, München
Lektorat: Susanne Böse
Herstellung: Gabi Lamprecht
Satz: Ludwig Auer GmbH, Donauwörth
Schrift: 11' Baskerville
Druck: Presse-Druck, Augsburg
Bindung: Conzella Urban Meister, München-Dornach
ISBN 3-505-11004-3

99 00 / 8 7 6 5 4 3 2 1

1

Alina steht auf dem Küchenbalkon und pfeift nach der Katze. Sie heißt Socks, wie die des amerikanischen Präsidenten. Sie ist schwarz und hat vier weiße Strümpfe, ein rotes Näschen und blaue Augen. Alina kennt keine Katze, die schöner ist als Socks. Meist streicht sie mit den anderen Katzen in den Gärten herum. Die Reihenhäuser sind nach Westen ausgerichtet, hinter den Zäunen gibt es eine Böschung, die zu einem kleinen Bach abfällt, in dem eine grau schäumende Brühe fließt. Früher war das Wasser kristallklar, hat jemand Alina erzählt. Bis die Farbenfabrik auf der anderen Seite der Siedlung gebaut wurde und ihre Abwässer illegal hineingeleitet hat. Das wird jedenfalls behauptet. Jetzt ist es verboten, am Bach zu spielen.

Aber das wissen die Katzen nicht. Alina hat immer Angst, dass Socks sich irgendwann vergiftet. Sie klappert mit der Gabel auf dem weißen Porzellanteller, in den sie immer das Fressen für Socks füllt. Heute gibt es Thunfisch aus der Dose. Das ist Socks' Lieblingsessen.

Alina pfeift, aber Socks kommt nicht.

Diese Katze stromert genau so herum wie ich, denkt Alina.

Sie füllt den Trinknapf mit Milch und stellt ihn draußen neben den Thunfischteller auf den Balkon. Eine Nacktschnecke kriecht über den Boden, Alina schiebt sie mit dem Fuß beiseite. Sie pfeift noch einmal.

„Hey, suchst du deine Katze?“ Ein Junge taucht auf, er ist rothaarig und hat viele Sommersprossen. Es ist Winnie aus dem Haus Nummer 15.

Winnie ist mit seinen Eltern vor einem halben Jahr in die Reihenhaussiedlung gezogen. Er stöbert immer in den Gärten herum, sucht nach Material, mit dem er sein Baumhaus ausbauen kann, alte Stämme, Planken, Schrauben, Draht. Er kann alles gebrauchen.

Manchmal trifft Alina ihn im Supermarkt oder auf dem Rathausplatz, an Johnnys Eisbude. Das ist der Treffpunkt der Kids von Meerbusch. Der Treffpunkt der kleinen Kids, um genauer zu sein. Winnie ist elf, also eigentlich noch ein Baby. Alina hat vor einem Monat ihren vierzehnten Geburtstag gefeiert. Sie konnte es eigentlich kaum glauben, als sie morgens aufwachte und noch einmal darüber nachdachte.

Vierzehn, tatsächlich. Dabei kam sie sich vor wie hundert.

Manche erleben in ihrer Kindheit mehr als andere Menschen in ihrem ganzen Leben. Aber das sind dann meistens Dinge, die man lieber nicht erlebt hätte …

Alina schaut über die Balkonbrüstung. „Hast du Socks gesehen?“, fragt sie Winnie.

„Seit wann suchst du sie denn?“

„Seit eben.“

„Wieso warst du gestern nicht da?“, fragt Winnie.

Alina zieht eine Augenbraue hoch. „Geht dich das etwas an, ob ich gestern da war oder nicht?“

„Du haust immer ab. Ich hab gehört, wie dein Vater das

gesagt hat. Der war stinksauer. Warum machst du das eigentlich?"

„Kümmer dich um deinen eigenen Kram." Alina streckt ihm die Zunge raus.

Aber anstatt abzuhauen, klettert Winnie über die Brüstung zu Alina. Er schaut sie an. Alina trägt ein XXL-T-Shirt und eine Walker-Hose, schwarze Turnschuhe. Sie sieht aus wie immer: ein bisschen unausgeschlafen, ein bisschen blass um die Nase.

„Das Zeug kannst du wieder einpacken", sagt Winnie und deutet auf die beiden Katzenteller.

„Und du kannst verschwinden." Alina will ihn wegschieben, aber Winnie bleibt stehen. Er verschränkt die Arme über der Brust.

„Deine Katze braucht kein Futter mehr."

„Red keinen Scheiß", knurrt Alina, „und lass mich in Ruhe, ja? Ich hab zu tun."

Winnie wirft einen Blick in die Küche. „Was hast du denn zu tun? Ist doch alles blitzsauber. Deine Mutter putzt doch den ganzen Tag."

„He, spionierst du hier rum, oder was?"

Alina ist allmählich wirklich sauer.

Sie hasst es sowieso, in diesen Reihenhäusern zu wohnen, wo einer dem anderen in die Fenster gucken kann. Keine Zäune zwischen den einzelnen Hausscheiben, jeder hat für sein Handtuch großes Rasenstück einen eigenen Rasenmäher. Auf jeder Terrasse ein Plastiktisch, vier Stühle, ein Sonnenschirm. Im Winter wird das Zeug in die Garage geräumt. Jetzt ist Frühling. Noch keine

Blätter an den Bäumen, aber die Büsche sind schon grün. Der Zaun zum Bach hinunter ist kaum noch zu sehen.

„Ich spionier nicht. Ich hab das gestern bloß durch Zufall mitgekriegt, weil ich bei den Mülltonnen war."

Alina geht in die Küche. Sie hat keine Lust mit Winnie zu reden. Aber er folgt ihr einfach. Alina öffnet die Kühlschranktür, nimmt eine Milchtüte heraus, setzt sie an den Mund und trinkt. Winnie schaut ihr zu. Alina wischt sich die Lippen, stellt die Milchtüte zurück, schlägt die Kühlschranktür zu.

„Mach schon", sagt sie, „verschwinde."

„Sind deine Eltern nicht da?", fragt Winnie.

Alina seufzt.

„Hau endlich ab hier, bevor ich eine Krise krieg", schnaubt Alina. „Was schnüffelst du hier herum? Machst du das immer?" Sie knufft ihn in die Seite. Jetzt ist sie richtig wütend. „Mach die Biege!"

„Mann, du tust mir weh!", schreit Winnie. „Ich will dir doch bloß was sagen!"

„Dann sag es und hau ab."

Eigentlich kann Alina Winnie ganz gut leiden. Er ist zwar frech, aber irgendwie auch süß. Nur heute nervt er unheimlich. Winnies Vater arbeitet bei der Bundeswehr, seine Mutter verkauft in der Bäckerei, zu der eine Tchibo-Filiale gehört. Alina trinkt da häufig Kaffee, wenn sie wach werden will. Wenn sie mal wieder überhaupt keine Lust auf Schule hat. Manchmal kauft sie dazu ein Stück Hefekuchen. Sie liebt es, wenn er weich und matschig ist. Alina muss zwar immer wieder anschreiben lassen, aber Winnies Mutter drückt häufig ein Auge zu und sagt, sie soll das nächste Mal bezahlen. Das ist total lieb, aber auch ganz schön naiv. Alina hat den nächsten Zwanzigmarkschein nämlich längst verplant.

Während sie Winnie anschaut, überlegt sie, wo ihre Mutter sein kann. Und ob sie bei der Bank gewesen ist. Sie wollte zur Bank, um Alina das Taschengeld auszuzahlen. Das ist jedes Mal ein Drama. Als wenn Alina ihren Eltern die Haare vom Kopf fräße. Dabei muss sie immer mindestens eine Woche betteln und drohen, bis sie die Scheine rausrücken.

„Sie liegt in der dritten“, sagt Winnie.

Alina begreift nicht. Ihre Gedanken waren abgeschweift. „Was? Wer liegt wo?“

„Deine Katze“, sagt Winnie. Er reibt sich die Seite. „Au Mann, das tut immer noch weh.“

„Ich kapier kein Wort.“

„Deine Katze, in der dritten liegt sie. Ich hab gesehen, wie dein Vater sie da hineingeworfen hat. Ich hab noch gesagt: Das ist doch gar nicht Ihre Tonne. Aber dein Vater hat gesagt: Das ist mir scheißegal. Eure Mülltonne ist immer voll, was? Wie kommt das?“

Alina versucht zu verstehen, was Winnie gerade gesagt hat. Eine steile Falte bildet sich auf ihrer Stirn.

Plötzlich wird es ihr klar. Sie packt Winnie bei den Schultern und schüttelt ihn. Sein Kopf fliegt hin und her und er sieht aus, als wolle er im nächsten Augenblick losheulen.

„Sag das noch mal.“

„Lass mich los“, wimmert Winnie.

Aber Alina hält ihn wie in einer Schraubzwinge. „Ich will, dass du mir das genau erklärst.“

„Wieso denn ich? Ich hab doch gar nichts damit zu tun!“, jammert er.

„Alles noch einmal von vorne“, schnaubt Alina, „ganz langsam und ganz genau.“

Winnie duckt sich und macht sich los. Er rennt zur Haustür: „Guck doch selbst.“

Helles Sonnenlicht flutet herein. Alina kneift die Augen zu. Sie kramt in ihrem Rucksack nach der Sonnenbrille mit den Drahtbügeln und den kleinen runden Gläsern, setzt sie auf und folgt Winnie nach draußen.

Die Reihenhäuser sind aus rotem Backstein und haben alle ein Vordach aus Milchglas. Neben jeder Haustür befindet sich ein Briefkasten und ein Fahrradständer.

Dann geht es auf viereckigen Betonplatten an einer kleinen Rasenfläche entlang zum Bürgersteig. Auf der verkehrsberuhigten Straße stehen Betonpoller, in denen im Sommer das Unkraut wuchert und sich im Winter die leeren Bierdosen sammeln. Dazwischen kurven die Kids auf Inline-Skates umher.

Winnie geht voran.

Die anderen Kids machen eine Vollbremsung, drehen eine Kurve und fahren auf sie zu.

Winnie grinst sie an. „Hey“, sagt er.

Sie sagen nichts. Sie rollen neben ihm her. Alina geht hinter ihnen.

Sie fragt sich, was das soll. Sie hat so eine Ahnung, so ein komisches Gefühl im Bauch. Die Sonne blendet. Der Himmel ist wolkenlos, aber ein eiskalter Wind weht. Sie friert. Sie spürt, wie sich unter ihren T-Shirts – sie trägt immer ein paar übereinander – eine Gänsehaut bildet. Einer der Jungen auf den Skates dreht sich nach ihr um. Aber er sagt nichts.

Alina sieht cool aus mit ihrer Brille. Die Gläser sind fast schwarz.

Der Betonkasten an der Kreuzung ist ungefähr einsfünfzig hoch und hat vier grünlackierte Eisentüren. Hinter jeder Eisentür ist eine Mülltonne. Auch dunkelgrün. Es sind riesige Mülltonnen, die nur alle zwei Wochen geleert werden. Das findet Alina eklig, weil sie immer so stinken. Innen kleben Jogurtreste und Nudeln in Tomatensoße, und das Ganze ist mit Kaffeesud vermischt oder Tampons. Einfach grässlich. Es ist ihr immer peinlich, mit dem Müll über den Bürgersteig zu wandern. Sie versteht nicht, wieso nicht jeder eine Tonne neben seiner Haustür hat.

Damit es für die Müllmänner leichter ist, hat ihr Vater gesagt, der Staat macht es sich ja immer ganz leicht. Kennt man ja.

Er macht es sich auch leicht, denkt Alina. Mein Vater macht es sich noch leichter als der Staat. Der nimmt sich, was er braucht. Immer. Fragt nie, nie.

Aber sie will nicht daran denken. Und ihre Mutter sagt nichts. Schweigt, schluckt Tabletten, schließt sich im Schlafzimmer ein und sagt nichts. Kein Sterbenswort.

Winnie steht neben dem Mülltonnen-Häuschen. Er zeigt auf die dritte Tür. „Kannst ja selber nachsehen“, sagt er. Er wartet. Alina presst ihre Lippen zusammen. Gut, dass sie die Sonnenbrille hat. Die anderen stehen auf ihren Inline-Skates daneben und halten sich aneinander fest. Sie sagen kein Wort.

Die haben irgendeinen Scheiß vor, denkt Alina. Die wollen mich ärgern, und nachher lachen sie sich tot. Ich bin bescheuert, dass ich mitgekommen bin. Wieso falle ich auf so einen Mist herein?

Sie kann sich gar nicht mehr erinnern, was sie eigentlich hier soll. Ihr fällt ein, dass sie sich noch eine Ausrede ausdenken muss für ihre Eltern, falls die fragen, wo sie letzte Nacht gewesen ist. Aber wahrscheinlich fragen sie nicht. Wahrscheinlich ist es ihnen inzwischen egal. Sie sind ja auch nicht da. Immerzu mit ihrem blöden Verein unterwegs. Chorsingen. Immerzu steigen sie in irgendeinen blöden Bus und fahren zu irgendeinem blöden Gemeindesaal, ziehen sich feierliche Klamotten an und singen: „Röslein auf der Heide“ oder „Ick heb mol een Hamburger Veermaster sehn ...“

Und wenn sie nicht in einen Bus steigen, um irgendwo zu singen, dann proben sie. Oder treffen sich mit anderen Chormitgliedern und trinken. Oder feiern Geburtstage. Und tun so, als wenn sie kein Wässerchen trüben könnten. Als wenn alles ganz in Ordnung wäre, das Leben. So sauber wie der Fußboden in Alinas Elternhaus.

„Wieso siehst du nicht nach?“, ruft Winnie. Er mustert Alina. Alinas Gedanken schweifen immer ab. Das ist nichts Ungewöhnliches, das passiert ihr ständig, auch in der Schule. Sie kann sich immer nur ein paar Minuten auf das konzentrieren, was der Lehrer sagt. Nach ein paar Minuten hat sie einen Black-out. Irgendjemand hat ihr erzählt, dass man das so nennt, wenn die Gedanken auf einmal wegrutschen und der Blick sich nach innen richtet, ins Innere, und irgendwo im Labyrinth untertaucht, im Labyrinth ihrer blöden Gedanken, ihrer doofen Träume, dieser Scheißerinnerungen. Manchmal wünscht Alina sich, dass es eine Dusche gäbe, unter der man die Seele abwaschen könnte, bis sie ganz sauber und weiß wäre. So sauber wie eine Schwanenfeder. Und so leicht.

Aber es gibt nur Duschen für die Haut und die Haare, und das reicht nicht, das ist Blödsinn, damit wird nur die Oberfläche wieder klar. Aber an ihrer Oberfläche ist Alina nicht interessiert. Sie schaut höchstens einmal am Tag in den Spiegel, wenn's hochkommt.

„Habt ihr irgendeinen Scheiß vor?", fragt Alina lauernd.

Die Kids schütteln den Kopf.

Winnie, trotzig, sagt: „Wieso wir?"

„Warum soll ich denn da reinsehen? Ich weiß, wie es in einer Mülltonne aussieht!"

„Wie denn?", fragt Winnie.

„Siffig."

Die anderen stoßen sich an, machen komische Gesichter. Winnie räuspert sich. „Die da", sagt er. Er deutet auf die dritte Mülltonne.

Die Straße ist vollkommen still. Normalerweise dröhnt irgendein Laster, ein Betonmischer kreischt, Autos parken ein, Lastwagen halten mit laufendem Motor, oder ein Flugzeug donnert über die Hausdächer. Die Siedlung ist nur wenige Kilometer vom Startbahnende entfernt. Alina weiß ganz genau, wie Flugzeuge von unten aussehen. Mehr weiß sie davon nicht. Eine Reise, nach Mallorca oder so, können sie sich nicht leisten. Eigentlich können sie sich nicht mal die Miete für das Reihenhaus leisten. Aber das Sozialamt zahlt was drauf. Alinas Vater ist groß im Abzocken. Das macht ihm Spaß.

Alina hat keine Lust mehr. Sie reißt die Tür auf, der Mülltonnendeckel springt hoch.

„Na und?“, sagt sie. „Was ist so Besonderes …“

Der Rest bleibt ihr in der Kehle stecken. Sie starrt. Starrt. Sie sieht ein schwarzes Fell, weiße Pfoten, einen Kopf, eine Zunge, die heraushängt, Augen, die fast aus dem Kopf quellen.

Es ist so still. So merkwürdig still. Eben haben doch noch Vögel gesungen. Irgendein Geräusch war doch noch in der Luft. Oder?

Sie lässt die Eisentür los. Aber sie fällt nicht zu. Die Mülltonne breitet ihr Innenleben vor Alina aus. Da liegt Socks. Ihre Katze. Tot. Das einzige Wesen, das sie so richtig lieb hatte.

„Was ist passiert?“, fragt Alina.

Sie zittert, ihr ist schlecht und ihr Kopf dröhnt, als ob er gleich platzen würde.

„Keine Ahnung“, sagt Winnie, „ich hab nur gesehen,

wie dein Vater sie am Schwanz gehalten und dann in die Tonne geworfen hat. Und ich hab gefragt: Was ist passiert? Und er hat gesagt: Kümmer dich um deinen eigenen Kram. Und dann hab ich gesagt: Aber das ist gar nicht Ihre Tonne, weil ich dachte, mir wird bestimmt schlecht, wenn ich nachher unseren Müll herausbringen muss und die tote Katze sehe. Aber dein Vater hat gesagt: Was interessiert mich der Scheiß! Er hat sie hineingeworfen und die Tür zugeknallt. Und wir haben sie nicht wieder aufgemacht. Aber vielleicht lebt sie ja noch, deshalb solltest du nachgucken."

Alina starrt Winnie an. Dann die anderen. Sie machen alle ernste, irgendwie feierlich-verlegene Gesichter. Vielleicht war ihnen gestern den ganzen Nachmittag schlecht, denkt Alina. Vielleicht hatten sie Alpträume in der Nacht. Ich werde bestimmt welche bekommen. Sie beugt sich vor. Kein Zweifel.

„Sie ist tot." Alina muss cool bleiben. Sie bleibt immer cool. Das ist ihr Markenzeichen. Keine Schwäche zeigen, dann kann dir keiner was.

„Das war doch deine Katze", sagt eines der Kids.

„Klar war es meine Katze", sagt Alina.

„Und was willst du jetzt machen?", fragt Winnie.

Alina drückt die Tür zu. „Keine Ahnung."

Sie presst die Hände gegen die Schläfen. Die Kids fahren auf ihren Inline-Skates neben ihr her. Winnie geht auf dem Bürgersteig.

Alinas Kopf besteht nur aus Feuer. Sie kann keinen klaren Gedanken fassen. Ich muss sie begraben, denkt sie. Ich muss Socks begraben. Socks kann doch nicht in einer Mülltonne oder auf einer Müllhalde landen. Sie denkt an die Krähen, die über den Deponien flattern.

Ich kann nicht, denkt sie, ich kann nicht.

„Was willst du jetzt machen?", fragt Winnie.

„Weiß ich nicht", sagt Alina.

Sie begleiten Alina bis zum Haus. Sie fühlt, dass die Jungen auf dem Bürgersteig stehen bleiben und ihr nachschauen. Sie hat Beine wie Blei. Sie geht hinein und schlägt die Tür hinter sich zu.

2

„Mami?", ruft sie.

Keine Antwort.

„Mami!!!", schreit sie.

Wieder keine Antwort.

Sie geht zum Elternschlafzimmer, stößt die Tür auf.

Das Bett ist frisch bezogen. Ein rotes Kleid liegt auf dem Bett. Ein Bündel Wäsche auf dem Stuhl neben der Frisierkommode. An der sitzt Alinas Mutter manchmal und dreht sich Lockenwickler ins Haar, die sie vorher an Strom angeschlossen hat.

„Mami?", ruft Alina.

Es hat keinen Zweck. Es ist niemand da.

„Scheiße!", brüllt sie. „Scheiße! Wo bist du, verdammt!"

Sie geht in ihr Zimmer. Das Bett ist ungemacht.

Schmutzige Sachen auf dem Boden, der Schreibtisch voller Schulbücher, Zeitschriften, Reiseprospekte. Alina liest abends vor dem Schlafengehen immer Prospekte über Länder, die sie garantiert in ihrem Leben nie kennen lernen wird. Alles liegt durcheinander. Wie immer. Alina schaut sich um, hilflos.

An der Wand hängt ein Foto von Socks. Alina steigt auf das Bett, zieht die Reißnägel heraus, nimmt es ab. Damals war Socks noch ein Katzenbaby.

Alina steckt das Foto in die Hosentasche, wirft sich auf das Bett, knüllt das Kopfkissen zusammen und schiebt es unter den Bauch.

Sie starrt auf die Bettpfosten und wartet, dass die Tränen kommen.

Aber sie kommen nicht. Ihre Augen sind so trocken, dass es wehtut. Ihr ganzes Gesicht spannt. Alles tut weh.

Im Haus ist es vollkommen still.

Alina nimmt einen Schuh in die Hand und schleudert ihn gegen den Spiegel. Das Glas klirrt und splittert mit einem lauten Knall.

Sie richtet sich auf, schaut auf die Scherben, stützt die Hände rechts und links auf den Bettrand und schaut sich um. Das war's, denkt sie. Ja, das war's. Ich hau ab.

Kevin ruft an, als Alina gerade im Bad ihre Sachen zusammenpackt: Shampoo, Zahnbürste, Zahnpaste, Seife.

Kevin will wissen, was sie heute Abend macht.

„Keine Ahnung", sagt Alina, „aber etwas anderes als du."

„Woher weißt du, was ich mache?“

„Weiß ich gar nicht, ich sag ja nur, dass ich was anderes mache.“

„Sag mal, wie bist du denn heute drauf?“

Alina schweigt. Sie denkt, gleich muss ich heulen. Sie sieht Socks in der Mülltonne zwischen Gurkenschalen und leeren Jogurtbechern.

Aber sie will nicht darüber sprechen. Kevin hat nie ein Tier gehabt, der weiß nicht, was in ihr vorgeht. Er weiß auch sonst nie, was in Alina vorgeht. Kevin gehört zu einer Clique von Punks, die immer am Busbahnhof rumhängen und alte Leute erschrecken. Alina findet so was total bescheuert. Aber manchmal, wenn sie es zu Hause nicht aushält, ist das der einzige Platz, wo sie hinkann.

Kevin ist genau so eine Nachteule wie Alina. Abends, wenn andere im Bett liegen, wird Alina erst munter. Sie könnte fernsehen bis zum Abwinken, die halbe Nacht hindurch, aber morgens hat sie Blei in den Knochen, kommt nicht aus dem Bett, bekommt die Augen überhaupt nicht auf. Ohne den Kaffee bei Tchibo wäre sie im letzten halben Jahr nicht ein einziges Mal pünktlich zum Unterricht gekommen.

„Wir wollen heute Abend mal rüber nach Vorst“, sagt Kevin.

„Was wollt ihr denn da?“

„Ralle sagt, da steigt ’ne geile Fete.“

„Bei wem denn? Ich kenne keinen Menschen in Vorst. Da wohnen doch bloß Bauern.“

Kevin lacht. „Bauern können auch feiern. Da wird 'ne Menge Speed gedealt, in der Kneipe da."

„Du weißt, dass ich mit Drogen nichts am Hut hab."

„Die Fete ist ja auch nicht in der Kneipe, sondern bei einem Typen, den Ralle zufällig kennen gelernt hat, letzten Sonntag. Das soll ein echt guter Typ sein, total locker und so. Er hat gesagt, wir können alle kommen, egal wie viele. Jede Menge Platz, sagt er. Soll eine geile Location sein. Und wir geben uns dann so richtig die Kante."

„Ohne mich."

„Hey", sagt Kevin, „was ist los?"

„Ich hab keine Lust darüber zu reden."

„Wieder was mit deinen Alten?"

Alina antwortet nicht. Sie muss an Socks denken und ein Kloß würgt in ihrem Hals, schwillt an, als wenn sie daran ersticken sollte.

„Mit deinen Alten ist doch immer was", sagt Kevin. „Wieso gewöhnst du dich nicht dran?"

„Sie gewöhnen sich ja auch nicht an mich." Alina muss sich dreimal räuspern, bevor sie weiterreden kann. „Manchmal denke ich, ich bin überhaupt nicht ihr Kind. Ich bin irgendwie bloß zufällig in dieses Haus gekommen."

Kevin lacht. „Klar, deine richtige Mutter hat dich in der Plastiktüte da vor die Tür gelegt."

„Als ich geboren wurde, haben wir noch in Osnabrück gewohnt, du Idiot. Red nicht so einen Scheiß. Ich bin nicht gut drauf. Ich hab Kopfschmerzen."

„Okay, soll ich rüberkommen? Bist du allein?"

„Ich bin allein, aber komm lieber nicht. Ich bin im Stress."

„Was hast du denn vor?"

Alina schaut auf die Sachen, die sie im Waschbecken versammelt hat. Sie denkt an ihren Campingsack, der voll gestopft in ihrem Zimmer steht. Im Rucksack der Kassettenrekorder. Und die CDs. Sie hat keine Ahnung, was werden soll. Sie will bloß weg, bevor ihre Eltern zurückkommen.

„Ich muss Schluss machen, Kevin", sagt Alina. „Ich hab's eilig, echt."

„O Mann", Kevin seufzt. „Wenn ich schon mal anrufe. Komm doch mit."

„Nein. Ciao", sagt Alina und legt auf.

Als alles gepackt ist, schleppt sie die Sachen zur Haustür. Sie schaut durch das kleine Flurfenster auf die Straße. Es ist niemand zu sehen. Ihre Eltern haben kein Auto, weil ihr Vater seinen Führerschein für immer verloren hat und ihre Mutter nie auf die Idee gekommen ist, überhaupt einen zu machen. Da das Geld immer knapp ist, haben sie den alten Wagen irgendwann verkauft. Sie können also nur zu Fuß kommen, um irgendeine Ecke. Allein oder zu zweit, je nachdem. Manchmal bleibt ihr Vater den ganzen Abend weg. Dann heult ihre Mutter und wenn Alina fragt: „Was ist denn so schlimm daran, wenn er nicht da ist? Ist doch viel gemütlicher so", dann schaut ihre Mutter sie wie eine wehleidige Colliehündin an und sagt: „Ach, was weißt denn du."

Darauf antwortet Alina nie etwas, denn sie weiß genug.

Alina geht noch einmal ins Elternschlafzimmer und zieht die Nachttischschublade ihrer Mutter auf. Da liegen die Perlenkette, die goldene Armbanduhr und ein paar Briefe vom Jugendamt. Alina weiß, was darin steht:

Sehr geehrte Frau Bremer,
die Direktorin der Heimgarten-Schule hat uns mitgeteilt, dass ihre Tochter Alina seit einem halben Jahr nur noch unregelmäßig den Unterricht besucht. Wir haben Sie bereits im letzten Dezember über die Rechtslage aufgeklärt. Ihre Tochter ist noch schulpflichtig. Wir müssen Sie als Erziehungsberechtigte noch einmal darauf hinweisen, dass Sie eine pädagogische Verantwortung …

Dann der nächste Brief:

Sehr geehrte Frau Bremer,
Das Jugendgericht hat Ihre Tochter Alina zu 15 Stunden Sozialarbeit im Altenheim Rosenhügel verurteilt. Dieses war nicht als Strafe gedacht, sondern als Aufforderung an Ihre Tochter selbst ihr Fehlverhalten zu erkennen.
Alina hatte versichert, dass sie sich dem Urteilsspruch fügen wollte. Sie hatte Reue bekundet.
Überfälle auf alte Mitbürger sind kein leichtes Delikt.
Deshalb sind wir um so verwunderter, dass Alina sich bis heute (15. Februar) kein einziges Mal zu den Sozialstunden im Altersheim gemeldet hat.
Falls wir bis zum 1. März nichts von Ihnen hören, wird ein Mitarbeiter des Jugendamtes sich mit Ihnen in Verbindung setzen und weitere Schritte einleiten …

Und wieder einer:

Sehr geehrte Frau Bremer,
Ihrem Brief vom 28. Februar entnehmen wir, dass sie sich nicht in der Lage fühlen Ihren erzieherischen Pflichten nachzukommen. Sie schreiben, Alina weigere sich Ihre Ratschläge anzunehmen. Ihre Tochter sei ihnen fremd geworden.
Sie bitten das Jugendamt die Fürsorgepflicht für Ihre Tochter zu übernehmen.
Wir haben Ihre Anfrage weitergeleitet an das Kreisjugendamt und bitten um Verständnis, wenn sich aufgrund krankheitsbedingter Ausfälle die Antwort etwas verzögert.
Inzwischen verbleiben wir
Hochachtungsvoll …

Alina kennt die Briefe auswendig. Ihre Mutter hat sie ihr einmal aufs Bett gelegt. Die wichtigen Stellen waren mit rotem Filzstift angekreuzt.

Seit sie den letzten Brief gelesen hat, weiß Alina, dass ihre Mutter keine Lust mehr hat sich um sie zu kümmern.

Vielleicht war es aber auch ihr Vater, der gesagt hat: „Nun ist Schluss. Ich hab keine Lust mehr, das Jugendamt ständig auf dem Hals zu haben, nur wegen dieser Göre … Sieh zu, dass sie wegkommt."

Alina weiß, wie ihr Vater redet, wenn sie nicht anwesend ist. Sie weiß, dass er sie nicht ausstehen kann. Aber das ist ihr egal. Sie mag ihn noch weniger als er sie. Früher hat er sie gemocht, als sie ein kleines Mädchen war. Aber daran will Alina nicht denken.

Sie will nicht mal wissen, auf welche Weise Socks gestorben ist. Vielleicht hat ihr Vater sie umgebracht, ihr einfach den Hals umgedreht.

Manchmal, wenn er getrunken hat, wird er jähzornig. Er hat schon einmal so nach der Katze getreten, dass sie Blut gespuckt hat. Alina ist mit Socks zum Tierarzt gegangen und hat die Rechnung von ihrem Taschengeld bezahlt. Aber nachher hat sie das Geld aus der Jackentasche ihres Vaters genommen. Sechsunddreißig Mark. Sie hat zwei Zwanziger rausgenommen und vier Mark zurückgetan. Ihr Vater hat nie ein Wort darüber verloren. Oft weiß er nicht, wie viel Geld er in der Tasche hat, wenn er angetrunken aus der Kneipe kommt. Vielleicht hat er gedacht, er habe das Geld ausgegeben.

Vielleicht hat er sie schon mal wegen Diebstahls angezeigt. Alina hält alles für möglich. Vielleicht ist er ja schon beim Jugendamt gewesen, um sich über sie zu beschweren. Aber er kann nicht über sie bestimmen. Er ist nicht ihr richtiger Vater. Nicht einmal ihr Stiefvater. Die Mutter hat nicht wieder geheiratet, damit sie die Witwenrente behalten kann. Auch wenn sie nicht hoch ist. Alinas richtiger Vater hat bei der Stadtgärtnerei gearbeitet, da konnte man nicht reich werden.

Von der Witwenrente können sie gerade die Miete bezahlen, sagt ihre Mutter. Aber Alina weiß nie, ob sie glauben kann, was ihre Eltern über die finanzielle Situation erzählen. Vielleicht wollen sie nur, dass sie sie nicht um eine Erhöhung des Taschengeldes bittet.

Alina würde gerne wissen, wie viel Kindergeld die beiden für sie bekommen. Das haben sie ihr immer verschwiegen. Bestimmt mehr als zweihundert Mark. So viel geben die beiden im Leben nicht für sie aus. Die Klamotten, die Alina trägt, hat sie sich zusammengeschnorrt. Oder geklaut. Auf Wochenmärkten ist das ziemlich einfach. Deshalb passen die Hosen manchmal nicht hundertprozentig. Aber einem geschenkten Gaul schaut man nicht ins Maul, sagt Kevin immer. Und ihre Mutter fragt nie, woher sie die Sachen hat. Das wundert Alina. Sie müsste ja wissen, dass das Taschengeld für so was nicht reicht. Aber was sie nicht weiß, macht sie nicht heiß. So ist Alinas Mutter, Franziska Bremer, 42 Jahre alt, Friseurin, aber seit einer Farbmittel-Allergie in Frührente. Auch ihre Rente ist klein. Den Rest verdient ihre Mutter mit Gelegenheitsjobs. Sie putzt jetzt manchmal für eine Gebäudereinigungsfirma Großraumbüros und Festsäle. Das ist eine unregelmäßige Arbeit. Manchmal arbeitet sie 18 Stunden hintereinander und dann wieder eine Woche gar nicht. Alina weiß nie Bescheid. Der Kühlschrank ist immer leer. Sie muss sich selbst versorgen, aber das macht ihr nichts aus. Es sind ganz andere Dinge, die Alina etwas ausmachen.

Sie schiebt die Nachttischschublade wieder zu und geht um das Doppelbett herum.

In der Schublade ihres Vaters liegt ein Heft. Klar. Auf dem Titel eine nackte Frau mit riesigen Brüsten, die aussehen, als wären sie aufgeblasen. Daneben ein Kuli. Wahrscheinlich gibt es auch in diesen Heften Kreuzworträtsel. Er löst gern Kreuzworträtsel. Das kann er gut.

Darauf ist er stolz. Aber sie dürfen nicht zu schwierig sein.

Alina geht zum Kleiderschrank. Die Jacken ihres Vaters hängen ordentlich nebeneinander. Der kalte Rauch von Billigzigarren hängt darin. Alina lässt ihre Finger in die Taschen gleiten. Erfühlt ein Papiertaschentuch, ein Streichholzmäppchen, ein paar Groschen, aber keinen Geldschein.

Nun zum Schrank ihrer Mutter. Die bewahrt das Geld meist bei der Unterwäsche auf. In einem Briefumschlag, den sie zwischen ihre Wäsche schiebt. Daneben die aufgerollten Strumpfhosen.

Alina holt einen Umschlag heraus. Er ist zugeklebt. Sie reißt ihn auf. Ihre Augen werden groß. Fünfziger und Hunderter. Sie zählt. Sechshundertfünfzig Mark. Sie nimmt zwei Hunderter und zwei Fünfziger, stopft sie in ihre Hosentasche, nimmt aus der Schublade ihres Vaters den Kuli und schreibt auf den Umschlag: „Ich hab mir mein Kindergeld genommen. Tschüss, Alina."

Sie schiebt den Umschlag wieder zwischen die Wäsche und drückt die Schranktür zu.

Als sie an der Küche vorbeigeht, fällt ihr Blick auf die offene Balkontür. Sie sieht das Schälchen mit dem Thunfisch und muss wieder an Socks denken.

Sie schließt die Balkontür.

Dann schultert sie den Rucksack, an den sie den Schlafsack geschnallt hat, nimmt die Campingtasche und verlässt das Haus.

3

Eine halbe Stunde später ist Alina am Hauptbahnhof in Düsseldorf. Dort will sie eine Fahrkarte nach Berlin kaufen.

„Auch wieder zurück?", fragt der Mann am Schalter.

„Nein, nur hin!", sagt Alina. Sie schaut sich um. Obwohl es ziemlich unwahrscheinlich ist, hat sie Angst, dass jemand sie erkennt und fragt, was sie vorhat. Sie setzt die Sonnenbrille auf. Auf einmal hat sich das Wetter verändert. Sieht aus, als wenn es noch einmal richtig heftig Winter werden könnte. Alina hat ihre Kunstpelzjacke angezogen. Für alle Fälle.

„Für eine Hin- und Rückfahrt gibt es aber Ermäßigungen, unter gewissen Umständen", sagt der Schalterbeamte. „Wann willst du denn zurück?"

„Muss ich das sagen?", fragt Alina. Sie hasst Leute, die so überaus hilfreich sein wollen, dass sie einem echt auf den Geist gehen.

„Musst du nicht, überhaupt nicht." Jetzt ist er eingeschnappt. Er tippt etwas in den Computer. „Bahncard dabei?", fragt er.

Alina schüttelt den Kopf.

„Okay, dann kostet das hundertdreiundfünfzig Mark."

Alina wird blass. „Was?", fragt sie entgeistert. „So viel?"

Der Beamte hebt lässig die Schultern. Er schaut auf

seinen Bildschirm. Alina interessiert ihn nicht mehr, er hatte ihr angeboten etwas Billiges herauszufinden. Aber wenn sie nicht will – bitte.

Alina kramt ihr Geld heraus. Das schöne Geld. Sie schiebt mehrere Scheine in die Schale. In dem Augenblick, als die Hände des Bahnbeamten danach greifen, fällt ihr ein, dass sie auch schwarzfahren könnte. Volles Risiko. Wie kommt sie überhaupt auf die beknackte Idee mit einer Fahrkarte in ihr neues Leben zu reisen? Wie ein braver Bürger? Immer schön zahlen? Wie bescheuert ist sie eigentlich?

Sie grabscht nach dem Geld. Die Hände des Schalterbeamten liegen auf den Scheinen. Alina zerrt daran. „Was ist denn jetzt los?“, fragt er sauer. Seine Lippen sind ganz schmal. Er blickt sie an, zornig.

„Ich hab’s mir anders überlegt“, sagt Alina.

Der Beamte lässt das Geld los. Alina stopft es schnell in die Tasche.

„Aber sonst geht’s dir gut?“, fragt der Beamte.

Alina lächelt, ein bisschen verlegen. „Danke, sonst geht’s mir ganz fabelhaft!“ Sie nimmt ihre Sachen und rennt.

Sie weiß, dass der Beamte ihr hinterherschaut.

Ich bin ein Idiot, denkt sie. Der Mann wird sich ewig an mich erinnern.

Sie rennt durch die Unterführung und hechtet die Treppen zum Gleis 3 hoch. Da fahren die Interregios ab. Sie will unbedingt mit einem Interregio fahren, der wird bestimmt nicht so oft kontrolliert. Wenn der Schaffner kommt, schließt sie sich auf dem Klo ein. Ganz einfach. Oder geht einfach immer vor ihm her, von einem Waggon zum anderen.

Kevin und Ralle sind auch mal so gefahren, von Düsseldorf bis Kopenhagen. Sie wurden nie kontrolliert, war ein geiles Gefühl, hat Kevin gesagt.

Sie will auch ein geiles Gefühl haben. Sie will von jetzt an nur noch geile Gefühle haben. Das ist das Gegenteil von Angst. Und Ekel. Und Wut. Sie darf nicht an Socks denken.

Sie schaut den Bahnsteig entlang. Ein paar Geschäftsleute warten da, eine Mutter mit ihrem kleinen Kind, das in einem Buggy sitzt. Auf der Bank eine alte Frau, daneben eine jüngere Frau, die sich liebevoll um die Alte kümmert.

Bestimmt ihre Tochter, denkt Alina. Ein Mann, der einen Packen Zeitungen unter dem Arm trägt, taucht an der Treppe auf. Er schaut Alina an, von oben bis unten. Er geht an ihr vorbei, bleibt stehen, dreht sich um, kommt zurück, mustert Alina wieder von oben bis unten, geht ganz nah an ihr vorbei. Alina schiebt ihren Campingsack zur Seite, schaut den Mann herausfordernd an. „Ist was?“

Da wird der Mann rot und geht weiter.

Ein Zug läuft ein. Auf dem Zug steht „Hamburg.“

Der Mann mit den Zeitungen steigt ein, die alte Frau wird von ihrer Tochter in ein 1.-Klasse-Abteil geführt. Als der Schaffner pfeift, steigt die junge Frau hastig aus. Sie presst ihre Hände gegen das Fenster. Innen sieht man das kleine Gesicht der alten Frau, die weißen Haare.

Der Zug fährt ab. Alina sieht, dass die junge Frau Tränen in den Augen hat.

Sie schaut ihr nach.

Als sie wieder auf die Anzeigetafel blickt, ist da der Zug nach Berlin angezeigt: Berlin-Zoo.

Genau, denkt Alina, Berlin-Zoo.

Leute, ich komme!

Alina hat nicht daran gedacht, dass bald Ostern ist. Ostern haben alle Ferien, die Bundeswehr entlässt die Rekruten, der ganze Waggon, in den Alina geklettert ist, ist voll mit Soldaten. Die gröhlen herum, trinken Bier aus Dosen und lachen dröhnend über schmutzige Witze. Alina zieht ihren Campingsack an der Halteschlaufe hinter sich her durch die Gänge. Sie hat schon über eine Stunde gestanden. Jetzt ist sie auf der Suche nach einem freien Platz. Aber die Leute stehen immer noch überall. Ein dicker Mann muss seinen Bauch einziehen, als Alina sich an ihm vorbeidrücken will. Als sie auf gleicher Höhe sind, streckt er die Hand aus und fasst an ihren Busen.

Alina lässt den Campingsack los. Sie starrt den Mann an. Er hat ein dickes, rotes Gesicht, ein Doppelkinn und kleine Augen. Er schwitzt.

„Nehmen Sie Ihre dreckigen Pfoten weg", faucht Alina.

Der Mann lächelt. „Hey, hey", sagt er, aber er lässt seine Hand da. „Ein bisschen eng hier, was?"

„Ich hab gesagt, nehmen Sie Ihre Pfoten weg."

Der Mann steckt seine Zungenspitze durch die Zähne. Er zwinkert ihr zu. „Wohin willst du denn?“, fragt er rau.

So einen fiesen Typen hat Alina lange nicht gesehen. „Dahin, wo es nicht solche Schweine wie Sie gibt“, sagt sie.

Jetzt schiebt er sich noch dichter an sie ran. Seine Hand wandert zu ihrer Taille.

„Wenn Sie mich nicht sofort loslassen, schrei ich“, faucht Alina. „Hey, ich schrei wirklich.“

„Quatsch“, keucht der Mann, „du doch nicht. Deine Sorte kenn ich doch. Du hast doch nicht mal eine Fahrkarte.“

Alinas Kopf wird glühend heiß.

So eine Scheiße, denkt sie. Wenn ich hier einen Aufstand mache, kommt der Schaffner, und der will als Erstes meine Fahrkarte sehen. Sie ballt die Faust und haut sie dem Mann zwischen die Beine. Der schnappt nach Luft und wird sofort ganz blau im Gesicht. Er lässt sie los, fährt sich mit der einen Hand an die Kehle und presst die andere gegen den Unterleib. Er will etwas sagen, aber Alina hört nicht hin. Sie schiebt sich an dem Typen, der auf einmal gar keinen dicken Bauch mehr hat, vorbei, öffnet die Zwischentür der Waggons, tritt auf die wackeligen Pontons, zieht die nächste Tür auf, schleppt den Campingsack vorbei an gestapelten Koffern und steht plötzlich im Bistro. Dort riecht es nach Kaffee und frischen Croissants.

An einem der Tische sitzt eine junge Mutter mit zwei

Kindern. Die Kinder essen einen Müsliriegel, die Mutter rührt in ihrem Cappuccino. Sie erzählt etwas und die Kinder schauen sie mit großen Augen an. Die junge Mutter lacht. Die Kinder sehen süß aus.

Alina lässt ihre Tasche los und geht auf den Tisch zu.

„Hier noch was frei?", fragt sie, indem sie auf den leeren Platz deutet.

Die junge Frau wirft Alina einen freundlichen Blick zu.

„Klar", sagt sie und rutscht ein Stück zur Seite.

Alina schiebt den Rucksack von den Schultern. Sie sind schon ganz lahm, und der Arm, der von dem Gurt abgeschnürt war, fühlt sich taub an.

„Der Zug ist so voll", sagt Alina, „der platzt aus allen Nähten."

„Alles Bundeswehr", sagt die junge Frau. „Das ist um diese Jahreszeit immer so. Die freuen sich, dass es vorbei ist."

„Klar", sagt Alina, „kann ich mir denken." Dabei hat sie noch nicht eine Sekunde über das Leben der Soldaten nachgedacht.

„Ich verstehe überhaupt nicht", sagt die junge Frau, „wieso heute noch jemand zur Bundeswehr geht. Anstatt Zivildienst zu machen. Sich einfach weigern eine Waffe anzufassen, das wäre viel besser. Es gibt so viel zu tun. In Krankenhäusern, Altersheimen, Kindergärten. Da könnten die lernen, wie man mit Menschen umgeht. Da könnten sie etwas übers Leben lernen, aber bei der Bundeswehr ..."

Alina nickt. Sie überlegt, ob das wirklich eine gute Idee war, sich zu dieser Frau und den zwei Kindern zu setzen. Sie muss an ihre 15 Arbeitsstunden denken. Nicht eine einzige hat sie geleistet. Einmal hat sie vor dem Altersheim gestanden. Aber da hielt gerade ein Beerdigungswagen vor der Haupttür. Ein Mann ist ausgestiegen, ganz in Schwarz. Dann haben sie den Sarg in das Haus hineingetragen, und Alina hat sich vorgestellt, wie sie jetzt eine Leiche abholen. Da ist sie gleich wieder getürmt.

„Ich hol mir was zu trinken", sagt Alina. „Kann ich meinen Rucksack hier lassen?"

„Ich pass auf", sagt die junge Mutter.

Alina stellt sich in die Schlange vor der Ausgabe. Sie studiert die Preise. Sie möchte auch einen Kaffee und ein Croissant. Preise haben die, denkt sie, wie in einem Luxushotel. Aber in ihrer Tasche knistern ja die Geldscheine. Vor ihr steht ein Mann. Er sieht aus wie ein Beamter. Er trägt eine breite, bunte Krawatte. Er hält einen Aktenkoffer in der Hand. Er bestellt ein Baguettebrötchen mit Salami.

In dem Augenblick gehen die Türen auf und der Schaffner kommt.

„Bitte die Fahrscheine!", ruft er in den Raum.

Die Leute holen ihre Fahrscheine heraus.

Der Beamte vor Alina kramt in seinem Portmonee.

„Und du?", fragt die Verkäuferin. Jetzt ist Alina an der Reihe.

Sie sieht aus den Augenwinkeln den Schaffner.

Sie reißt plötzlich den Mund auf, presst die Hände gegen den Magen und flüstert, mit einem verzweifelten Lächeln:

„Entschuldigung ..., mir ist ... oh ..., ich glaub ich muss schnell ..."

Die Verkäuferin schaut sie mitleidig an.

„Das passiert mir auch manchmal. Die Toiletten sind auf der anderen Seite."

„Danke", flüstert Alina. Sie rennt los.

Sie schiebt sich an den Leuten vorbei, die Hand immer auf dem Magen, lässt ihren Campingsack und den Rucksack stehen, erreicht das Klo. Es ist besetzt. Sie klopft gegen die Tür. Sie schaut sich um. Der Schaffner ist nicht zu sehen.

„Moment!", brummt eine Männerstimme.

„Schon gut", ruft Alina, „ich wollte nur wissen, ob die Tür vielleicht klemmt."

„Eine Sekunde!", ruft der Mann wieder.

Alina lehnt sich neben die Toilettenwand und hält den Waggon im Blick. Der Schaffner hat sich durch den Bistrowagen gearbeitet und öffnet jetzt die erste Abteiltür. Er schaut einmal flüchtig zu Alina hin. Sie presst sofort wieder ihre Hand in den Magen.

Die Toilettentür geht auf.

Alina stürzt hinein und schiebt den Riegel vor. Unter ihren Füßen rattert der Zug über die Schienen. Der Boden ist feucht, es liegen gebrauchte Papierhandtücher herum. Weil sie nichts zu tun hat, hebt Alina die Handtücher mit spitzen Fingern auf und stopft sie in den Müll. Dann versucht sie, sich die Hände zu waschen, aber sie weiß nicht, wie man den Wasserhahn aufdreht. Es ist gar nichts zu drehen da. Sie versucht, das Hinweisschild zu entziffern.

Ah, sie muss eine Taste drücken. Ganz schön raffiniert.

Sie überlegt, wo der Schaffner jetzt wohl ist. Bei den vielen Fahrgästen braucht er lange, um den Wagen zu kontrollieren.

Alina beschließt die Zeit zu nutzen und aufs Klo zu gehen.

Sie setzt sich auf die Brille, die sie vorher abgewischt hat. Sie betätigt die Spülung und wartet. Man sieht durch das Abflussrohr die Eisenbahnschwellen, über die der Zug dahinrast.

Plötzlich klopft es.

„Ja?“, ruft Alina.

„Fahrkartenkontrolle!“, ruft der Schaffner durch die verschlossene Tür.

„Aber ich kann jetzt nicht!“, ruft Alina.

„In Ordnung. Ich komm später zurück.“

„Danke!“, ruft Alina. Sie versucht, ihrer Stimme etwas Klägliches zu geben, doch das ist nicht leicht, wenn man gleichzeitig gegen das Rattern des Zuges anschreien muss.

Dann zieht sie die Jeans wieder hoch, hält die Hände noch mal unter den Wasserstrahl, bespritzt sich das Gesicht, fährt mit nassen Händen durch die Haare.

Dann öffnet sie vorsichtig die Tür und streckt den Kopf raus.

Ein junger Typ lehnt am Fenster. Er schaut sie an. Er grinst.

„Er ist weg“, sagt er.

„Was?“ Alina tut, als verstehe sie nicht.

„Der Schaffner, er ist im nächsten Waggon.“

Alina grinst auch.

„Das hab ich früher auch immer so gemacht“, sagt der Junge. „Jetzt fahr ich nicht mehr schwarz. Ich hab einen Job. Und keine Lust, den zu verlieren. Mein Chef ist immer so super-korrekt.“

Alina schaut den Gang entlang. Leute schieben ihr Gepäck den Gang entlang.

Wahrscheinlich hält der Zug bald.

„Ob der Schaffner noch mal zurückkommt?“, fragt Alina.

„Soll ich das für dich checken?“

„Quatsch“, sagt Alina, „musst du nicht. Ich geh sowieso in die andere Richtung, da hab ich mein Gepäck.“

„Was denn für Gepäck?“, fragt der Junge.

„Na, meinen Campingsack und den Rucksack.“

Alinas Herz beginnt plötzlich heftig zu schlagen. Was ist, wenn die nette Frau mit den beiden Kindern gleich aussteigen will? Dann liegt das Gepäck da unbewacht herum.

„Scheiße“, flüstert Alina.

Sie will losrennen, aber der Junge hält sie zurück. Er trägt eine rote Baseballkappe, falsch herum, auf der TOOLS steht. Sein blaues T-Shirt hat zu kurze Ärmel, aber dafür hat seine Hose mindestens hundert Taschen, die alle ausgebeult und voll gestopft wirken. Wahrscheinlich trägt der Typ seine ganze Habe am Körper, denkt Alina, keine schlechte Idee.

„Der Schaffner ist in die Richtung gegangen“, sagt er. „Wär ziemlich blöd, wenn du ihm jetzt noch in die Arme laufen würdest.“

„Echt? In die Richtung?“ Alina kann das nicht glauben. „Da ist er doch hergekommen.“

„Wollen wir beide hingehen und ihn fragen, warum er so was tut?“

Alina seufzt. „Aber meine Sachen. Die liegen mitten im Bistro. Soll ich die da vielleicht liegen lassen, damit sie jemand klaut?“

Der Junge zögert. Dann legt er ihr die Hand auf die Schulter. „Vertrau Benni. Ich hol dein Zeug. Ein Campingsack, hast du gesagt, und ein Rucksack?“

Alina beschreibt die beiden Gepäckstücke.

„Warte hier“, sagt der Junge. „Wenn der Schaffner zurückkommt, gehst du da wieder rein.“

„Falls nicht besetzt ist“, sagt Alina.

„Ich beeil mich.“ Er zwinkert ihr zu und ist weg.

Alina lehnt am Fenster und versucht, das Schlingern des Waggons mit den Beinen auszugleichen. Sie fahren andauernd über Weichen, hin und her. Die Gleise werden zahlreicher, ein Regionalexpress fährt eine ganze Weile neben ihnen, dann bleibt er stehen. Die ersten Fahrgäste machen sich zum Aussteigen bereit.

Alina macht sich ganz schmal, um die Leute vorbeizulassen.

Über Lautsprecher kommt die Ansage, dass ihr Zug in Kürze Hannover-Hauptbahnhof erreichen wird. Anschlusszüge werden durchgegeben.

Das Chaos wird größer. Alina versucht sich in einen kleinen Hohlraum zwischen Toilette und Waggontür zu quetschen. Dann endlich fahren sie in den Bahnhof ein.

Als der Zug anhält, fliegen sofort die Türen auf, und die ersten Fahrgäste stürmen ins Freie.

Alina kann wieder Luft holen. Sie stellt sich ans Fenster und beobachtet den Betrieb auf dem Bahnhof. So viele Menschen. Familien, Kinder, Gruppenreisende, arabische Frauen mit Kopftüchern, ein schwarzes Pärchen, das sich innig auf einer Bank küsst, ein Gepäckträger, der einen Karren schiebt, hoch beladen mit Koffern, ein Junge mit einer roten Baseballkappe, auf dem TOOLS steht …

Alina schluckt, sie presst ihre Stirn gegen die Fensterscheibe und starrt den Jungen an. Das ist doch der Typ von eben, denkt sie, der wollte doch …

Sie sieht nur seinen Kopf. Erst als die japanische Reisegruppe, neben der er hergeht, stehen bleibt, kann Alina ihn ganz sehen.

Ihr Herz setzt aus. „Meine Sachen!“, schreit sie.

Vielleicht schreit sie gar nicht, vielleicht schreit es nur in ihr. Der Typ trägt ihren Rucksack und ihren Campingsack mit dem Schlafsack, zusammengerollt und festgeschnallt mit einem Ledergürtel. Der Ledergürtel ist braun und hat eine silberne Schnalle. Das kann gar kein anderes Gepäck sein. Das sind ihre Sachen!

„Das sind meine Sachen!"

Alina stürzt zur Waggontür, lehnt sich weit raus, die Hände am Griff. Sie brüllt: „Da klaut einer meine Sachen!"

Niemand achtet auf sie. Der Schaffner steht vorn neben der Lokomotive, mit erhobener Kelle, und aus dem Lautsprecher kommt die Stimme: „Zum Interregio nach Berlin-Zoo bitte einsteigen. Vorsicht bei der Abfahrt."

Der Junge mit der roten Baseballkappe dreht sich um. Er schaut zu ihr hin.

Alina winkt hektisch, rudert mit den Armen.

Da wendet sich der Junge ab und läuft. Sie sieht, wie seine rote Baseballkappe in der Unterführung untertaucht.

Alina springt aus dem Zug und rennt den Bahnsteig entlang. Sie rempelt Leute um. Koffer fallen, eine Frau verliert fast das Gleichgewicht. Doch darauf kann Alina keine Rücksicht nehmen. Sie rennt, schiebt die Leute mit den Ellenbogen weg.

Jetzt hat sie die Treppen erreicht, schlängelt sich zwischen den Leuten durch, nimmt zwei Stufen auf einmal. Sie hat kein Gepäck. Sie trägt gute Turnschuhe. Sie ist schnell. Rechts und links Hinweise zu anderen Bahnsteigen. Leuchtschriften. Sie kann so rasch gar nicht lesen, was da steht. Sie stürzt fast über einen Müllkorb, ein Bettler mit ausgestreckten Beinen schafft es gerade noch, die Knie anzuziehen, bevor Alina über ihn fällt. Sie keucht. Sie hat Seitenstiche.

Da entdeckt sie, ganz hinten am Ende wieder die rote

Baseballkappe. Das gibt ihr Kraft noch schneller zu laufen. Endlich kommt sie ins Freie, bleibt auf einem Platz stehen. Taxifahrer lehnen an ihren gelben Autos. Der Parkplatz ist verstopft, Autofahrer hupen. Gegenüber die gläsernen Fassaden der Kaufhäuser, eine Einkaufsstraße, eine Bäckerei, ein Wagen, in dem Grillwürstchen verkauft werden, Jugendliche, die auf Steinpollern sitzen und herumblödeln. Ein Mädchen mit Inline-Skates stolpert mühsam über das Kopfsteinpflaster. Ein Denkmal mit einem Reiter. Aber wo ist der Typ?

Alina atmet schwer. Alles tut ihr weh. Sie könnte heulen vor Wut. Sie dreht sich im Kreis. Sie hat das Gefühl, als würde sie jeden Augenblick ohnmächtig. Die totale Leere. All ihre Sachen sind weg. Alles, Klamotten, CDs, Zahnbürste. Einfach verdammt alles.

Sie kann es nicht glauben. Der Typ will sie ärgern, will einen Witz machen. So was darf doch nicht passieren, ihr doch nicht. Klar, sie hat auch schon mal anderen Leuten was geklaut, aber das ist doch was anderes. Das war doch irgendwie was anderes …

Vor ihr sitzt ein Mädchen mit total zerschlissenen Jeans. Sie trägt ein Stirnband mit Indiomuster, einen engen Pulli aus Samt und einen speckigen Ledermantel. An ihrem Arm klimpern unheimlich viele Plastikarmreifen. Sie krault das Fell eines Schäferhundes, der neben ihr liegt. Statt eines Halsbandes trägt er ein rotes Tüchlein um den Hals. Er hat treue braune Augen und schaut Alina aufmerksam an.

„Hast du jemanden verloren?", fragt das Mädchen.

„Ja“, keucht Alina, immer noch atemlos. „Ja, hab ich.“

„Ich sitze hier schon eine ganze Zeit“, sagt das Mädchen. „Vielleicht kann ich dir helfen.“ Sie steht auf.

Alina erzählt ihr, was passiert ist. „All meine Sachen hat er geklaut“, sagt sie, „ich fass es nicht. Ich weiß nicht, was ich machen soll …“ Alina schaut sich hilflos um, so als warte sie immer noch auf ein Wunder.

„Ich hab jemanden gesehen, auf den deine Beschreibung passt“, sagt das Mädchen. „Aber der ist jetzt natürlich über alle Berge. Geh doch zur Polizei. Obwohl das echt nichts bringt. Die machen ein Protokoll und werfen es nachher weg. Ich kenn die Typen. Wenn du nicht irgendwie Fabrikdirektor oder so was bist und deinen Aktenkoffer mit Börsenpapieren verloren hast, interessieren die sich einen Scheißdreck für dich.“

„Was für ein absolutes Arschloch“, sagt Alina.

„Du kannst den Verlust bei der Bahn melden“, sagt das Mädchen. „Zeig deine Fahrkarte vor und sag, wo du gesessen hast …“

Alina lacht grimmig. „Erstens hab ich nicht gesessen und zweitens hatte ich keine Karte.“

„Oh.“ Das Mädchen pfeift durch die Zähne. „Du hast die Bahn beschissen und dein Freund hat dich beschissen. Das nenne ich einen echten Kreislauf.“

„Er war nicht mein Freund.“ Alina beugt sich vor und krault den Hund. „Er hat mich angequatscht. Ich dachte, er wollte nett sein. Dabei hatte der es bloß auf meine Sachen abgesehen. Was er wohl davon hat, sind doch lauter Mädchenklamotten.“

„Vielleicht kennt er Schleuser, Leute, die illegal Menschen über die Grenze schaffen, aus Albanien oder so. Vielleicht besorgt er denen auf diese Weise neue Klamotten und Papiere. Sag mal, hast du etwa auch deine Papiere in dem Rucksack gehabt?"

Alina schließt die Augen. So ein Mist, denkt sie, so ein gottverdammter Mist. Klar, ihr Personalausweis war natürlich auch dabei.

Das Mädchen beobachtet sie. „O Mann, jetzt hast du echt ein Problem. Wohin wolltest du denn?"

„Berlin", sagt Alina.

„Zu Verwandten?"

Alina schüttelt den Kopf. Sie hat keine Lust, ihr ganzes Leben zu erzählen. Sie ist misstrauisch, nachher ist dieses Mädchen genauso auf irgendwas aus wie der Typ mit der Baseballkappe.

Sie fühlt verstohlen nach ihrem Geld. Aber das ist noch da. Wenigstens etwas. Ich brauche eine Zahnbürste, denkt sie. Wieso kommt ihr als Erstes diese verdammte Zahnbürste in den Sinn?

„Wie heißt der Hund?", fragt Alina.

„Sugar", sagt das Mädchen, „weil sie so süß ist. Ist eine Hündin. Ich hab sie aus dem Tierheim. Irgendwelche Leute haben sie einfach an der Autobahn ausgesetzt. Und sind dann wahrscheinlich fröhlich in die Ferien gefahren. Letzten Sommer war das."

„Ich hatte eine Katze. Die hatte auch einen englischen Namen", sagte Alina, „sie hieß Socks."

Das Mädchen schaut Alina an. „Und wo ist sie jetzt?"

„Tot", sagt Alina. „Altersschwäche. Wir haben sie begraben, in unserem Garten, unter einem Busch."

Sie lügt, als wenn das gar nichts wäre. Sie hat immer schon gelogen. Nie würde sie diesem Mädchen sagen, dass ihre Katze in einer Mülltonne liegt. Alina denkt einen Augenblick wieder daran, dass sie Socks da rausholen müsste, um sie richtig zu begraben. Aber dazu ist es zu spät. Es ist zu allem zu spät.

Der Hund wedelt freundlich, als Alina ihn krault. „Ich wollte auch immer so einen großen Hund", sagt Alina, während sie Sugars Ohren krault. „So einen, von dem man richtig beschützt wird."

„Sugar ist klasse." Das Mädchen drückt ihr Gesicht an das Tier, als wollte sie es küssen. Sie schaut Alina an. „Was willst du in Berlin? Oder darf man das nicht wissen?"

„Am Bahnhof Zoo", sagt Alina, „da sollen ganz viele junge Leute herumhängen, die von zu Hause weg sind, weißt du. Ich dachte, da ist es vielleicht cool."

„Zu Hause ist es wohl nicht cool, oder?"

Alina schaut das Mädchen an. Sie sieht aus wie sechzehn oder siebzehn. Sie hat rot gefärbte Haare, richtig signalrote Haare, und ein Nasenpiercing. Aber eine schöne Haut. Überhaupt ein ganz edles Gesicht. Die Armreifen klimpern. Alina mag so was.

„Solche Leute", sagt das Mädchen, „gibt es auch hier. Dazu musst du nicht nach Berlin."

Alina lächelt. „Hier in Hannover?"

„Logisch, hier in Hannover. Willst du wissen wo?"

„Ich weiß nicht. Ich würde gerne meine Sachen wiederhaben. Meinen Schlafsack. Ich weiß nicht, was ich machen soll ohne Schlafsack."

„Erst mal", sagt das Mädchen, „kommst du mit zu mir."

Alina schaut das Mädchen an. „Zu dir?"

„Willst du nicht?"

Alina zögert. Sie hebt die Schultern. „Klar, doch, natürlich. Ich meine, wenn du meinst ..."

Das Mädchen verdreht die Augen. Sie äfft Alina nach. „Ich meine, wenn du meinst ... Würde ich das sonst sagen? Die Bude ist natürlich kein Luxushotel."

„Klar", sagt Alina. Sie streckt, in einem plötzlichen Impuls, die Hand aus. „Ich heiße Alina."

„Und ich Mücke", sagt das Mädchen. „Mücke wie Fliege."

4

Mücke wohnt zusammen mit drei anderen Typen auf dem Gelände einer stillgelegten Papierfabrik.

In einem der Gebäude kann man hinter völlig eingestaubten Fenstern noch die großen alten Papierwalzen sehen. Wie Dinosaurier sehen sie aus.

Zwischen den Gebäuden ist der Platz voll gestellt mit ausrangierten Autos. Ein Schrotthändler nutzt ihn als Abstellplatz. „Natürlich illegal", sagt Mücke achselzuckend. „Jede Nacht kommt hier ein Abschleppwagen an und lässt so ein Schrottauto fallen. Zuerst hab ich gedacht: Das ist der Weltuntergang oder ein Erdbeben oder so. Das macht einen Höllenkrach. Aber inzwischen hab ich mich daran gewöhnt. Auch an die anderen Sachen, die hier so laufen."

„Was denn für Sachen?", fragt Alina.

Mücke verdreht die Augen. „Frag lieber nicht. Ich frag auch nicht. Ich meine, mir ist es Wurscht, ob Ulli in den Knast kommt wegen seiner Dealerei. Ich fass das Zeug nicht an. Ich helf ihm auch nicht, es zu verstecken. Er ist deswegen ziemlich sauer auf mich, er denkt, ich bin für die Bullen ein unbeschriebenes Blatt, bei mir vermuten die nichts. Aber den Gefallen tu ich ihm nicht. Ulli ist ein Arsch. Der hat seine eigene Schwester an die Nadel gebracht. Nur um Kohle zu machen. Ich kapier's einfach nicht."

Vor der Sperrholztür, die mit einem Vorhängeschloss versperrt ist, wuchern Disteln und Brennnesseln.

„Pass auf", warnt Mücke, „das Zeug brennt höllisch. Ich bin mal mit Sandalen aus dem Haus gelaufen. Danach hatte ich lauter feuerrote Pickel."

„Wieso macht ihr es nicht einfach weg?"

„Bessere Tarnung, findet Didi."

Sie zieht das Vorhängeschloss auseinander. Auch das ist offenbar nur Tarnung. „Didi ist von zu Hause abgehauen. Der versteckt sich hier, bis seine Eltern sich daran gewöhnt haben, dass er nicht wiederkommt. Dann will er in die USA. Zum Film." Mücke lacht. „Wir ziehen Didi immer damit auf, aber der meint es ernst. Er verdient sich seine Kohle mit Straßenmusik. Er spielt ziemlich gut

Gitarre. Aber wen interessiert schon jemand, der Gitarre spielt? Und das in Hollywood." Sie stößt die Tür auf. „Komm rein, mach es dir bequem."

Im ersten Augenblick sieht Alina gar nichts. Es ist dunkel und riecht nach Staub und abgestandenem Zigarettenqualm.

„Gibt's hier irgendwo Licht?", fragt sie hilflos.

„Wenn es Licht gäbe, müssten wir Miete zahlen, oder? Dann hätte uns der Staat längst registriert. Also gibt es kein Licht. Didi hat gesagt, er will die Stromleitung anzapfen, aber ich hab keine Lust, ihn am Strommast schmoren zu sehen. Wir kommen auch so zurecht. Warte, ich zeig dir, wo die andere Tür ist."

Sugar stürmt an den beiden Mädchen vorbei und wirft sich mit Feuereifer auf eine Maus, die aber gerade noch unter einem Stapel von Brettern verschwinden kann. Sugar bellt und beißt wütend in das Holz.

„Sie fängt Mäuse wie eine Katze", sagt Mücke stolz. „Manchmal bringt sie sie mir morgens ans Bett. Dann muss ich sie loben. Ich hab immer nur gehört, dass Katzen so was machen. Aber vor Ratten hat sie irgendwie Angst. Darüber bin ich ganz froh. Ich hätte echt keine Lust morgens aufzuwachen und eine tote Ratte neben meinem Kopf zu finden. Wieso klemmt diese verdammte Tür schon wieder? Kannst du mal kommen?"

Alina tastet sich im Halbdunkel vorwärts. Mücke reicht ihr die Hand. Sie klopft mit der anderen gegen die Tür.

„Hier. Wir müssen uns einfach dagegen schmeißen,

dann geht sie auf. Ist alles eingerostet in diesem Schuppen. Wenn du denkst, die Jungen würden mal Scharniere ölen oder so. Ich sag dir, die Kerle sind auch nicht mehr das, was sie mal waren. Also, eins, zwei und … los."

Sie werfen sich gleichzeitig gegen die Tür, und als sie nachgibt, verliert Alina das Gleichgewicht. Sie landet hart auf der Schulter.

„Scheiße", sagt Mücke mitfühlend. Sie hilft Alina wieder auf. „Hat hoffentlich nicht weh getan?"

Alina schüttelt tapfer den Kopf. Dabei hat sie das Gefühl, als hätte sie sich sämtliche Knochen gebrochen.

Sie schaut sich im Zimmer um. In der Ecke steht ein Tisch mit einer geblümten Wachstuchdecke und einem Spirituskocher. Daneben ein kleiner Eimer mit Wasser. Ein Topf, ein paar Teller, Porzellanbecher, alle angestoßen und mit schrecklich kitschigen Mustern. In einer Plastikwanne stapelt sich schmutziges Geschirr zu einem Turm.

„Didi hat Hausdienst", Mücke zeigt auf das Geschirr. „Das sieht man immer daran, dass erst gespült wird, wenn der letzte Teller verbraucht ist. Hey, willst du was trinken? Einen Kaffee oder so?"

Alina lächelt hilflos. „Wenn's keine Mühe macht."

„O Mann, wir sind hier nicht im Buckingham Palace, musst nicht so fein reden. Kaffee ist Nescafé. Ich brauche nur den Kocher anzustellen. Mach's dir bequem. Da hinter dem Schrank ist meine Abteilung."

Alina schaut sich den Schrank an. Wahrscheinlich ist es ein ehemaliger Aktenschrank. Er hat viele Fächer und

Türen, die aber alle ausgehängt sind. Er ist nur noch ein leeres Gerippe, an dem die Spinnweben hängen. Davor steht eine alte Truhe, und darauf liegt ein Haufen schmutziger Kleidung. Daneben stehen lehmbeschmierte Stiefel.

Das also ist Mückes Reich. Immerhin gibt es ein Fenster, wenn es auch ziemlich wenig Licht durchlässt. Alina hat immer in einem Haus gewohnt, das vor Sauberkeit blitzte. Alinas Mutter hat einen richtigen Putzfimmel. Überall riecht es nach Seifenlauge und Scheuerpulver, manchmal beißt das chemische Zeug richtig in der Nase. Im Badezimmer glänzen die Wasserhähne, und selbst unter den Küchenschränken kann man kein Staubkorn entdecken. Eine Kakerlake hätte nie eine Chance.

Hier hingegen können sich ganze Mäusefamilien von dem ernähren, was herum liegt. Ein schwarzer Käfer kriecht herum. Mücke schläft auf dem Boden, auf einer Matratze, die mal blau war, aber jetzt grau ist, wenn man von den vielen Flecken absieht. Darauf liegt total verknautscht Mückes Schlafsack. Daneben ein Hocker mit ihren Sachen. Sogar ein Zahnputzbecher steht da, mit einer Zahnbürste, außerdem ganz viele Schminkpröbchen und Parfümflakons.

Bestimmt hat sie die zusammengeklaut, denkt Alina.

An der Wand Poster von Popgruppen. Und das Bild eines alten Indios, der einen Esel am Kopf festhält und in die Kamera blinzelt. Im Hintergrund ein schneebedeckter Berg. Der Indio trägt ein Stirnband, das dem von Mücke ziemlich ähnlich sieht.

Alina betrachtet das Bild, als Mücke plötzlich neben ihr auftaucht.

„Das ist Peru", sagt Mücke, „da will ich mal hin."

„Und wieso ausgerechnet dahin?"

„Weil ich da in meinem früheren Leben gewesen bin, weil ich mich da auskenne, und weil es da schön ist. Da sind die Leute anders als hier, ganz anders."

Alina wendet sich Mücke zu. Einen Augenblick fragt sie sich, ob das ein Witz sein soll, das mit dem früheren Leben. Aber Mücke macht ein völlig ernstes Gesicht.

„Wer hat dir das erzählt?", fragt Alina.

„Was? Dass ich früher in Peru gelebt hab? Das musste mir niemand erzählen. Ich hab mal zufällig ein Buch gelesen, das da spielte. Und da hab ich so einen Schmerz gehabt, hier ..."

Sie drückt ihre Hand gegen ihr Herz. „Und genau gewusst: Das ist meine Heimat. Im Moment kann ich da nicht hin, weil mir die Kohle fehlt, aber irgendwann klappt es, das weiß ich."

„Ich drück dir die Daumen", sagt Alina.

Sie schaut ein Foto an, das in die Ecke des Posters geklebt ist. Darauf sieht man ein kleines Mädchen mit einer Schultüte. Es trägt einen Faltenrock und weiße Söckchen.

„Wer ist das?", fragt Alina.

„Meine Omi." Mücke lächelt. „Als ich sechs war. Süß, was? Guck mal, der Zopf. Das nennt man Bauernzopf. So wollte ich meine Haare früher auch flechten, aber allein geht das nicht und meine Oma konnte das nicht mehr, weil sie vom Rheuma ganz verknöcherte Hände hatte. Dann hab ich die Haare immer offen getragen, aber weil sie mich nerven, wenn sie so ins Gesicht fallen, bind ich mir das Stirnband um."

„Das sieht toll aus", sagt Alina.

Mücke zuckt mit den Achseln. „Na ja, geht, ist nicht wichtig."

„Und wo ist deine Omi jetzt?", fragt Alina.

„Tot." Mücke verschwindet und kommt mit zwei Bechern Instantkaffee zurück. „Ich hab sie gefunden. Ich kam aus der Schule, weißt du, da lag sie da ... in der Küche, auf dem Fußboden ... Hier, dein Kaffee." Sie drückt Alina den Becher in die Hand. Ihre Finger zittern.

„Hast du bei deiner Omi gelebt?"

Mücke nickt. „Deshalb bin ich ja auch abgehauen, gleich nach der Beerdigung. So schnell konnten die vom Jugendamt gar nicht gucken, da war ich schon weg. Noch auf dem Friedhof wollten sie mich einsacken, verstehst du? Meine Omi war kaum unter der Erde, da wollten die mich schon schnappen und in ein Heim bringen. Nein danke, hab ich gedacht und bin weg. Seitdem steh ich wahrscheinlich auf irgendeiner Liste vermisster Kinder oder so. Aber ich bin nicht sicher, eigentlich vermisst mich ja keiner."

Sie hockt sich auf die Matratze und schaut Alina an.

„Mit uns kann man's ja machen", murmelt Alina. Sie pustet in den dampfenden Kaffee. „Tut mir Leid, das mit deiner Omi, meine ich."

„Mir auch“, brummt Mücke. Sie räuspert sich zweimal. „Und was ist mit dir? Wieso bist du abgehauen?“

„Das ist eine lange Geschichte“, sagt Alina.

„Ich hör mir gerne lange Geschichten an.“ Mücke klopft auf den leeren Platz auf der Matratze. „Setz dich hin und erzähl. Spuck es einfach aus.“

„Ich möchte nicht darüber reden“, sagt Alina. „Ich weiß nicht. Es ist so …, ich weiß echt nicht. Wenn du meine Eltern sehen würdest, dann würdest du bestimmt denken, ich hab einen Knall da wegzugehen. Wir haben in einem Reihenhaus gelebt. Ich hatte mein eigenes Zimmer.“

„Zentralheizung, warmes Wasser, CD-Player, die ganze Palette?“, fragt Mücke.

Alina lächelt. „War eine Sozialwohnung, so eine Art Sozialwohnung. Der Staat hat was zugezahlt. Sonst hätten wir es uns nicht leisten können, weil mein Vater arbeitslos geworden ist. Aber er ist nicht mein richtiger Vater. Meine Mutter hat ihn nie geheiratet. Ich hab ihr immer gesagt, wenn du den heiratest, rede ich kein Wort mehr mit dir.“

„Verstehe“, sagt Mücke.

Alina stellt den Becher ab. Sie ist plötzlich wütend. Dieses Mädchen geht ihr ganz plötzlich auf die Nerven. „Was verstehst du?“, schreit sie. „Du verstehst überhaupt nichts!“

„Komm wieder runter“, sagt Mücke ruhig. „Schrei hier nicht so rum.“

„Dann tu nicht so verdammt verständnisvoll. Du weißt

überhaupt nichts von mir!“, schreit Alina. „Was weißt du schon von meinem Vater?“

„Na, ich nehm an, dass er so ein Arsch ist wie die meisten“, sagt Mücke. „Außer meiner Omi kenn ich überhaupt keinen Erwachsenen, der irgendwie ein guter Mensch ist. Hast du eine Ahnung, was ein guter Mensch ist?“

Alina schüttelt den Kopf. Und Mücke grinst zufrieden. „Siehst du, ich auch nicht. Eine Weile hatte ich nur einen Wunsch: ein guter Mensch zu werden. Aber dann hab ich diesen Werner kennen gelernt. Von allen Typen, allen Arschtypen, hab ich mir den arschigsten ausgesucht. Weißt du, was der gemacht hat? Der hat sogar meine Omi beklaut! Und ich hab's nicht gewusst. Der hat meiner Omi ihre goldene Uhr geklaut und ihre schwarze Kasse. Und ich hab's nicht gewusst! Sie hat einen Herzinfarkt gekriegt, als sie gemerkt hat, dass das Geld weg ist. Deswegen ist sie gestorben. Kannst du dir das vorstellen?“

Alina nickt. Sie schluckt.

Mücke zerrt das Stirnband vom Kopf und schleudert es in die Ecke. „Der Werner hat mir auf der Beerdigung das Geld gezeigt! Hast du überhaupt eine Ahnung, wie ich mich gefühlt habe? Ich saß da in der Kapelle, die einzige Verwandte, und hab mir die Augen aus dem Kopf geheult, habe immer auf diesen Sarg gestarrt, Sozialmodell, weißt du, und dieser billige Blumenstrauß, den ich gekauft hab. Das Ganze war so armselig, ich kam mir so scheiße vor. Und dann rutscht der Werner auf einmal neben mich auf die Bank und flüstert: Hier, guck mal, was ich hab. Zeigt mir das Geld. Und die goldene Uhr. Und dann sagt er: Das hättest du jetzt geerbt. Aber nun gehört es mir. Wir machen fifty-fifty, in Ordnung?"

Mücke laufen die Tränen übers Gesicht. Alina spürt, dass sie das noch keinem Menschen erzählt hat. „Ich dachte, ich sterbe auf der Stelle", flüstert Mücke, während sie mit dem Handrücken die Tränen abwischt. „Aber blöderweise bin ich nicht gestorben, sondern hinter dem Sarg her bis zum Grab gelaufen, und dann hab ich ein paar Schaufeln Erde draufgeworfen und geheult wie ein Schlosshund und dann hab ich diesen Typen vom Jugendamt gesehen. Und da hatte ich nur einen einzigen Gedanken: Weg hier, ich wollte Werner nie wieder sehen, kapierst du das?"

„Natürlich", murmelt Alina.

„Meine Omi hat immer gefragt: Wieso ausgerechnet der? Aber ich dachte, ich liebe ihn. Ich war so blöd, so wahnsinnig blöd."

Mücke schlägt auf die Matratze, bis sie sich beruhigt hat. Dann schnäuzt sie sich, wischt die letzten Tränen weg und sagt mit ruhiger, völlig normaler Stimme: „So was passiert einem nur einmal."

Sie steht auf. In der Ecke stapeln sich Holzkisten mit Aufklebern von JAFFA-Orangen. Mücke hebt die Kisten herunter, wühlt, bis sie die richtige gefunden hat. „Hier, du brauchst doch neue Klamotten."

Alina kommt näher. In der Kiste liegen lauter nagelneue T-Shirts, sauber zusammengelegt.

„Alle XXL", sagt Mücke, „ich nehme immer nur die großen. Die gehen am besten."

„Du verkaufst Klamotten?"

„Von irgendwas muss ich ja leben, oder?"

„Und woher hast du die?" Alina starrt auf die T-Shirts. Immer sechs Stück sind mit einem Bindfaden zusammengebunden.

„Woher ich die habe, ist mein Geheimnis. Komm, nimm dir eins. Oder zwei."

Alina zögert.

„Stell dich nicht so an. Ich hab genug. Ich zeig dir, was in den anderen Kisten ist."

Alina nimmt ein T-Shirt, und Mücke hebt eine andere Kiste herunter. „Guck dir das an."

In der Kiste liegen lauter Bodys aus Baumwolle. In allen Pastellfarben. „Die haben einen superguten Sitz", sagt Mücke. Sie schiebt ihr Hemd hoch und deutet auf ihren Bauch. „Hier, fühl mal, sitzt ganz stramm. Ich trag die immer. Das blöde ist nur, dass sie ohne Waschmaschine nicht richtig sauber werden. Aber so was haben wir nicht. Such dir eins aus."

„Das kann ich doch nicht!" Alina ist völlig überrumpelt.

„Natürlich kannst du das. Hier. Blau steht dir bestimmt super. Probier mal an!" Sie drückt Alina einen Body in die Hand. Alina steht einen Augenblick hilflos da.

„Warum machst du das?"

„Was?", fragt Mücke.

„Dass du mir die Sachen einfach schenkst. Du kennst mich doch gar nicht!"

Mücke schaut sie an. „Ich weiß nicht. Ich hab so ein Gefühl, dass ich dir vertrauen kann. Oder irr ich mich?"

Alina lächelt. Sie holt tief Luft. „Ich denke schon."

„Na also, dann nimm den Scheiß. Und dann müssen wir los."

„Was denn? Wieso denn los?"

„Arbeiten", sagt Mücke. „Du hilfst mir doch, oder?"

Alina steht da, mit den neuen T-Shirts und dem Body in der Hand. Was bleibt ihr anderes übrig. Sie fragt nicht einmal, was das für eine Arbeit ist. Sie nickt einfach nur.

5

„O Mann, du schon wieder!"

Im Türrahmen einer Kellerwohnung steht ein Mann im Unterhemd und einer Arbeitshose, die er mit knallroten Hosenträgern über seinem dicken Bauch festhält. Er ist unrasiert und hat glasige Augen mit tiefen Rändern. Entweder hat der zu viel Drogen genommen oder zu viel gearbeitet, denkt Alina.

Man kann nicht in seine Wohnung sehen. Alles ist dunkel bis auf eine rote Lampe in einem Nebenzimmer. Von dort fällt ein roter Lichtschein in den Flur.

Am Türschild steht NICOS FOTOLABOR.

„Nico ist ein alter Freund von mir", hat Mücke gesagt, als sie die Kellertreppen heruntergestiegen sind.

„Der frisst mir aus der Hand. Bei dem krieg ich alles umsonst."

„Und wieso?"

Mücke hat gelacht. „Der will immer was mit mir anfangen, weißt du, aber ich find ihn so eklig. Der ist superfett, deshalb hat er keine Chance. Aber ich lass ihn schmoren, verstehst du? Und solange krieg ich bei ihm alles umsonst."

Alina findet, dass Nico nicht aussieht wie ein Mensch, der irgendjemandem was umsonst gibt.

Mücke hat das bunte Indiotuch, das sie wie ein Bündel auf dem Rücken schleppte, aufgeknotet.

„Zwei Dutzend", sagt sie schmeichelnd. „Zwei Tage brauchst du dazu? Du kannst das doch bestimmt schneller schaffen, was, Nico? Für mich?"

Nico kratzt sich. Er hat schwarze Haare auf den Unterarmen und aus seinem Unterhemd schaut ein richtiger Pelz hervor, bis zum Adamsapfel. Alina muss plötzlich an ihren Vater denken, der hat auch so viele Haare am Oberkörper. Sie hat Angst, dass ihr schlecht wird. Aber sie lächelt immer weiter tapfer.

Das Bündel, das Mücke ihr in die Hand gedrückt hat, hängt immer noch schwer über ihre Schulter.

„Zwei Dutzend?", stöhnt Nico. „Das schaff ich nicht, Mücke."

„Und dann noch das." Mücke schaut Alina an. „Zeig ihm mal."

Alina lässt das Bündel fallen, knotet es auf.

„Was ist das?", fragt Nico stirnrunzelnd.

„Bodys“, sagt Mücke. „Noch nie davon gehört? Alle Frauen tragen jetzt Bodys.“

Sie nimmt einen raus und hält ihn sich vor den Körper.

„Unten sind Druckknöpfe. Praktisch, was? Ich meine, wenn's mal schnell gehen muss.“

Nico grinst. „Und was soll ich damit?“

„Das Gleiche wie mit den T-Shirts“, sagt Mücke. „Bitte, Nico, ich brauch sie heute Abend.“

„Heute Abend? Ganz unmöglich.“

„Aber heute Abend ist die Speed-Party im MAGAZIN!“

„Was geht mich die verdammte Speed-Party an.“ Nico will ihnen einfach die Tür vor der Nase zuschlagen, aber Mücke hat geistesgegenwärtig ihren Fuß dazwischen gestellt. „Sag mal, kannst du uns nicht reinlassen? Müssen wir das hier vor der Tür aushandeln?“

Zum ersten Mal mustert Nico Alina. Sie wird ein bisschen rot, hält aber trotzig seinem Blick stand.

„Und die? Woher kenn ich die?“

„Überhaupt nicht“, sagt Mücke, „sie ist vorhin angekommen.“

„Angekommen? Woher?“, fragt Nico.

„Osnabrück“, sagt Alina schnell, obwohl das gar nicht stimmt.

„Sie ist bloß auf der Durchreise, eine Freundin. Sie hilft mir. Heute kann ich das große Geschäft machen, Nico. Bitte, stell dich nicht so an. Das ist für dich doch ein Klacks. Du kriegst von deinen Nazi-Schlächtern so viel Kohle, da kannst du das noch mal umsonst machen.“

„Was?“, fragt Alina. „Was soll das denn heißen?“

Mücke grinst. „Nico ist ein alter Faschist. Sieht man ihm das nicht an? Der steht auf Hitler-Sprüche und so was. Hinten hat er die ganze Bude voll mit alten Nazifahnen.“

Nico ist blitzschnell vorgesprungen und hat Mücke die Hand auf den Mund gedrückt. „Kannst du nicht noch lauter schreien?“, zischt er wütend. „Sag mal, du bist wohl total durch den Wind. Los, kommt rein!“ Er zieht Mücke in den Flur.

Alina hebt die beiden Bündel auf und folgt.

Nico schlägt die Tür zu und lässt Mücke los.

„Das wolltest du bloß, was?“, knurrt er, als er Mückes triumphierendes Feixen bemerkt. „Schreist draußen rum, bloß damit ich dich reinlasse. Warte einen Moment.“

Er geht den Flur entlang, wirft die Tür zu, aus dem das rote Licht kommt, und schaltet das Deckenlicht ein. Eine grelle Neonlampe lässt Alina zusammenzucken. Sie merkt auf einmal, wie müde sie ist. Vollkommen erschöpft. Für eine winzige Sekunde denkt sie an ihr Bett, ihr Zimmer.

Sie überlegt, ob ihre Eltern jetzt zu Hause sind. Wann sie wohl merken, dass Alina nicht mehr da ist, wahrscheinlich erst, wenn ihre Mutter merkt, dass das Geld weg ist und den Zettel findet. Schade, denkt Alina, dass ich ihr Gesicht dann nicht sehen kann. Und seines. Wenn der hört, dass ich abgehauen bin. Ich wette, der geht in die Küche, holt sich ein Bier, trinkt es in einem Zug aus und sagt: „Gott sei Dank, dann müssen wir sie nicht rausschmeißen." Ich wette, denkt Alina, der ist froh, dass er mich nicht mehr sehen muss.

„Also, zwei Dutzend Shirts und wie viel von diesen anderen Dingern da?"

„Auch ein Dutzend!"

Nico bringt die Ware in die Küche und untersucht sie mit fachmännischem Blick.

„Der Druck muss supergut werden!", sagt Mücke. „Ich will richtig kassieren damit, verstehst du?"

Nico verdreht die Augen. „Aber ich mach es nicht umsonst, Mücke. Diesmal nicht."

„Okay, das verhandeln wir später." Mücke gibt ihm einen kleinen Kuss auf seine Bartstoppeln. Wie sie dabei das Gesicht verzieht, sieht er nicht.

„Nein, wir verhandeln jetzt."

Nico lehnt sich gegen den Küchentisch, auf dem sich Bücher und Papiere stapeln. Alina versucht, einen Blick auf die Bücher zu erhaschen, aber sie kann nichts lesen.

„Okay, wie viel willst du?"

Nico tut, als müsse er überlegen „Einen Hunderter", sagt er schließlich.

Mücke schreit: „Was? Bist du total durchgeknallt? Wo soll ich denn einen Hunderter hernehmen?"

„Du hast doch mit der letzten Lieferung saftig verdient."

„Saftig ist gut. Weißt du, was ich davon gekauft hab?"

„Speed, nehm ich an."

„Quatsch. Hundefutter. Und zwar gleich zwei Kartons. Das Zeug kostet mehr als Rindfleisch vom Schlachter.

Sugar frisst mir noch die Haare vom Kopf. Aber was soll ich machen?"

„Schaff den Köter doch ab", sagt Nico ungerührt.

Mücke tut, als habe sie das nicht gehört.

„Okay, wir verhandeln, wenn du fertig bist. Wie lange brauchst du?"

Nico schaut die Sachen an, runzelt die Stirn, kratzt seine Unterarme. „Halbe Stunde", sagt er.

„Und dafür willst du hundert Mark? Merkst du nicht selbst, dass das Wucher ist?"

Bevor Nico etwas sagen kann, schiebt sie ihn aus der Küche.

„Bring die Sachen her, Alina", ruft sie.

Alina folgt stumm. Dabei würde sie lieber abhauen.

Sie halten vor der Tür mit der roten Lampe. Nico streckt die Hand nach den Bodys aus. „Aber glaub ja nicht, dass du dieses Mal umsonst davonkommst."

„In einer Stunde sind wir zurück", sagt Mücke und gibt ihm noch mal einen Kuss. „Du bist ein echt geiler Typ, Nico."

Nicos Augen leuchten plötzlich. „Tatsächlich?", fragt er.

Mücke nimmt Alinas Arm. „Alina, hey, sag mal, er ist doch geil, oder?"

Alina weiß nicht, was sie sagen soll. Sie findet Nico ätzend, richtig eklig. Sie grinst.

„Und wie findest du sie?", fragt Mücke. Sie hält Alina immer noch am Arm, hat ihren Kopf an Alinas Schulter gelehnt und lächelt.

Nico schaut Alina an. Die blickt ganz cool, so, als wäre es für sie das normalste auf der Welt, in dieser Kellerwohnung mit so einem Typen zu verhandeln.

„Ich weiß nicht, ich steh mehr auf blond."

„Für dich färbt sie auch die Haare", sagt Mücke. „Und zwar überall."

Sie stößt Alina an. „Komm, sag schon, dass du sie dir ihm zuliebe färbst."

Alina wird rot.

„Komm, gib's zu", flüstert Mücke.

Da nickt Alina. „Okay, ich färb sie blond." Wenn der wüsste, denkt sie, dass ich fast keine Haare da hab, weder in den Achselhöhlen noch zwischen den Beinen.

Nico knurrt etwas Unverständliches. Offenbar ist er nicht richtig zufrieden.

Schnell gibt Mücke ihm noch einen Kuss.

Nico seufzt. „Du kannst einen echt fertig machen, Mücke." Er verschwindet in dem Raum mit der roten Lampe und knallt die Tür zu.

Mücke strahlt Alina an: „Wie haben wir das gemacht?"

„Ich weiß überhaupt nicht, worum es geht", sagt Alina. „Ein bisschen was hättest du mir schon erzählen können."

„Mach ich, wenn wir hier erst mal raus sind."

Sie schiebt Alina durch den Flur, dreht sich noch einmal um und ruft: „In einer Stunde sind wir zurück, Nico!"

6

Draußen ist es dunkel. Alina versucht das Zifferblatt ihrer Uhr zu lesen.

„Ist es schon halb neun?“, fragt sie verwirrt. „Ich hab überhaupt kein Gefühl für die Zeit.“

„Wozu braucht der Mensch ein Gefühl für Zeit?“, sagt Mücke fröhlich. „Ich fühle bloß, wann ich Hunger habe. Wie zum Beispiel jetzt.“

Sugar winselt leise. Sie schlägt mit dem Schwanz auf den Boden und schaut ihnen demütig entgegen. Alina überlegt, wie so ein Hundeleben wohl aussieht, mit einem Frauchen wie Mücke. Sie hat Sugar am Eisengeländer der Kellertreppe festgebunden. Als sie die Hündin losmachen, springt diese fröhlich an ihr hoch und versucht ihr Gesicht abzulecken. Mücke wehrt zärtlich ab. „Lass das, Sugar. Du stinkst aus dem Maul wie eine Mülltonne.“

Ausgerechnet in diesem Augenblick muss Alina wieder an Socks denken.

Ihr Magen revoltiert.

„Ich hab Hunger“, sagt Mücke im gleichen Augenblick. „Hast du Geld dabei? Ich kenn einen guten Döner-Shop hier in der Nähe. Der hat auch immer was für Sugar. Dann spar ich eine Dose Hundefutter.“

„Ich hab Geld“, sagt Alina.

„Okay, dann darfst du mich einladen. So ein richtiger guter Döner könnte meinen Tag noch retten."

„Wie teuer ist so was hier?", fragt Alina. Sie hat Angst, dass sie ihr Geld zu schnell los wird. Sie braucht es, um sich neue Sachen zu besorgen. Vor allem einen Schlafsack. Vielleicht kennt Mücke einen Laden, wo man so was gebraucht bekommt. Und all das andere. Wenn jemand das weiß, dann Mücke, denkt Alina.

Sugar rennt neben ihnen her, bellt andere Hunde an, die ihr entgegenkommen, spielt mit einem kleinen Westhighlandterrier, pinkelt gegen eine Parkbank, auf der ein altes Ehepaar sitzt und nichts mitbekommt.

Der Döner-Imbiss steht an einer Kreuzung. In der Mitte ist eine Straßenbahnhaltestelle. Die Straßenbahnen sind hell erleuchtet, man kann jeden Fahrgast erkennen. Alle schauen still und irgendwie einsam vor sich hin. Wenn die Straßenbahn losfährt, macht es ein klingelndes Geräusch. Vor dem Döner-Laden stehen ein paar Männer und trinken Bier aus Dosen.

„Also", sagt Mücke, „wir müssen richtig reinhauen. Die Nacht wird lang."

„Wieso?", fragt Alina. „Was machen wir denn noch?"

Mücke grinst. „Na, du bist gut. Bis jetzt haben wir doch gar nichts gemacht. Das geht erst los."

„Was denn?", fragt Alina.

Mücke grüßt den Döner-Wirt. Ein junger Türke, der sie sofort wieder erkennt. Mücke macht ein Zeichen, dass sie zwei Portionen brauchen. „Groß!", ruft sie. „Riesengroß!"

„Geht in Ordnung!“, ruft der Türke fröhlich zurück. Er pfeift, während er das hauchdünne Fleisch vom Spieß säbelt.

Wahrscheinlich ist der auch in Mücke verknallt, denkt Alina, wie Nico.

„Nico macht einen Aufdruck auf die T-Shirts und die Bodys, und dann verkaufen wir die auf der Speed-Party im *Magazin*“, sagt Mücke. „Aber natürlich nicht offiziell. Ist ja geklaute Ware, weißt du. Aber ich kenn da einen guten Platz. Was trinkst du? Cola oder Bier oder was?“

„Cola“, sagt Alina.

Mücke geht zum Tresen, holt die zwei Portionen Döner, kehrt zurück.

„Red weiter“, sagt Alina.

„Ich hab doch alles gesagt. Wir fahren mit der 32 bis zur Endstation. Das *Magazin* ist so ein altes Fabrikgelände wie das, auf dem ich wohne. Da steigen immer illegale Partys. Underground-Sessions, weißt du. Die Leute sind total zugedröhnt. Da kann man echt absahnen.“

Sie geht wieder los und kommt mit zwei Colas zurück. Dann streckt sie die Hand aus. „Gibst du mir das Geld? Ich bezahle.“

Alina zögert. Sie schaut Mücke in die Augen.

Mücke ist der einzige Mensch, den ich hier kenne, denkt sie, der einzige Mensch.

Aber das heißt nicht, dass ich ihr vertraue.

„Ich mach das schon“, sagt Alina und beißt in ihren Döner.

Mücke schaut sie wortlos an.

Dann lächelt sie. „Du bist wie ich", sagt sie, „traust niemandem, was?"

Als sie satt sind, gehen sie auf den Kinderspielplatz in einem kleinen Park, setzen sich auf die Schaukel und rauchen Mückes selbst gedrehte Zigaretten.

Sugar, die völlig aufgeregt ist, dass die beiden Mädchen über ihr in der Luft baumeln, springt hoch und versucht nach Mückes Schuhen zu schnappen.

Man sieht nur das Glimmen ihrer Zigarettenstummel. Aus der Ferne kommt der Lärm der Fernstraße. Rauch steigt aus den Schloten der Fabrik auf. Die Luft ist kalt, aber trotzdem ist es schön draußen.

Mücke erzählt, dass Nico mit einem besonderen fototechnischen Verfahren die T-Shirts und Bodys bedruckt. „Das macht der so professionell", sagt sie, „dass alle denken, so was ist fabrikmäßig. Und weil der Aufdruck drauf ist, merkt kein Mensch, dass die Ware geklaut ist."

„Was kommt denn für ein Aufdruck drauf?", fragt Alina.

„SPEED QUEEN", sagt Mücke. „Das hab ich mir ausgedacht. Das ist der Titel eines Romans, den ich gelesen habe. Ich fand den toll."

Alina überlegt, ob sie in diese Hülle passt. Eine SPEED QUEEN? Speed heißt Geschwindigkeit. Da kann sie schon mal nicht gemeint sein.

Sie hat ja nicht einmal ein Fahrrad. Und bis jetzt hat sie es nur von Meerbusch nach Hannover gebracht.

Speed ist aber auch der Name für eine Droge. Alina nimmt keine Drogen. Bis jetzt nicht. Sie hat sich noch nicht endgültig entschieden, ob sie ohne Drogen durchs Leben kommen will. Bislang war einfach noch nicht der richtige Zeitpunkt. Außerdem kostet sowas Geld. Und es ist mühsam, das zu beschaffen, wenn man nicht zufällig steinreiche Eltern hat, die keine Fragen stellen, sondern einfach nur die Kohle rausrücken.

Alinas Eltern haben immer Fragen gestellt. Eine Weile hat Alina gedacht, das wäre ein Zeichen dafür, dass sie sich für ihre Tochter interessieren. Früher hat sie gedacht, dass wenigstens ihre Mutter so etwas wie Liebe fühlt. Mutterliebe. Davon liest man doch immer.

Sugar wird plötzlich unruhig. Sie steht ganz gespannt da und stößt drohende Knurrlaute aus.

Im nächsten Augenblick wird Alina von einer Taschenlampe geblendet. Sie schließt die Augen und dreht dann schnell das Gesicht weg.

„Hey", ruft Mücke, „was soll das?"

Die Taschenlampe beleuchtet jetzt Mückes Gesicht. Mücke hebt den Arm und bedeckt ihre Augen. „Mach das Ding aus!", ruft sie. Sie klingt, als habe sie Angst. „Ich lass sonst meinen Hund los. Sugar, fass!"

Sugar beginnt zu bellen. Im nächsten Augenblick wird die Taschenlampe ausgeknipst und man hört nur noch das Knacken der Äste und Rascheln. Dann ist es wieder still.

Mücke inhaliert tief den Rauch ihrer Zigarette. „Scheißkerl", sagt sie. Ihre Stimme zittert. Sie springt von der Schaukel. Sie bückt sich und streichelt ihren Hund.

„Brav“, flüstert sie. „Brav.“

„Wer war das?“, fragt Alina. Ihr Herz schlägt.

„Keine Ahnung. Irgendein Kinderschänder“, sagt Mücke.

Alina schweigt. Wie Mücke das sagt: Kinderschänder. Als wäre das was Normales.

Sie werfen ihre Zigaretten in den Sand und treten sie aus. Jemand hat Alina mal gesagt, dass es für Babys lebensgefährlich ist, wenn sie nikotinverseuchte Zigarettenfilter verschlucken. Mücke hat davon offenbar noch nichts gehört.

„Okay“, sagt Mücke, „wir nehmen lieber den anderen Ausgang. Echt scheiße, wenn man sich nicht mal auf einem Kinderspielplatz sicher fühlen kann.“

Genau zur verabredeten Zeit stehen sie wieder vor Nicos Kellerwohnung. Die Sachen sind fertig, liegen im Flur.

„War eine Sauarbeit“, sagt Nico. „Dieser Stoff von den Bodys, der ist ja gerippt, Mann. Was glaubst du, wie man darauf drucken kann?“

Mücke hebt ein Body hoch und schaut sich das Ergebnis an. „Sieht doch klasse aus“, sagt sie, „kann man doch ganz deutlich lesen. SPEED QUEEN. Kommst du heute Abend auch ins *Magazin*?“

„Ich kann mir was Besseres vorstellen“, knurrt Nico. Er schaut zu, wie Mücke und Alina die Sachen wieder in die

Tücher schlagen und wie Bündel über die Schulter nehmen.

„Also dann, ciao", sagt Mücke und gibt Nico einen Kuss.

„Hey, warte." Mücke geht zur Tür, Nico folgt ihr. „Was ist mit meinem Geld?"

„Morgen", sagt Mücke, „wenn ich Kohle gemacht hab. Ich bin vollkommen blank."

„Spinnst du, so haben wir nicht verhandelt!" Nico hält sie am Arm fest.

Alina sieht, dass er jetzt richtig wütend ist. Auf Mücke macht das keinen Eindruck. Sie erwidert eiskalt seinen Blick. „Lass mich los", sagt sie.

„Erst die Knete", sagt Nico.

„Ich hab nichts. Hast du Tomaten auf den Ohren? Ich sag doch, du kriegst sie, wenn wir die Ware verkauft haben."

„Ich will sie aber jetzt."

Mücke versucht sich loszureißen, aber Nico hält sie wie in einem Schraubstock. „Sie hat Geld", sagt Mücke plötzlich und deutet auf Alina, die an der Tür steht. „Frag sie doch."

Alina schnappt nach Luft. Sie will etwas sagen. Sie will Nico ihr Geld nicht geben. Es gehört ihr. Sie braucht es.

Nico hat Mücke losgelassen, kommt zu ihr. „Du hast Kohle?"

Er streckt die Hand aus. „Dann her damit. Wenigstens einen Fünfziger will ich sehen, als Anzahlung. Den Rest meinetwegen morgen."

Alina überlegt fieberhaft. Eines weiß sie genau: dass sie diesem Typen ihr Geld nicht geben wird.

„Ich hab's nicht bei mir", lügt sie.

Mücke sagt nichts, schaut von einem zum anderen.

„Und wo hast du es?", fragt Nico ungeduldig.

„Draußen", sagt Alina.

„Was, draußen? Wo, draußen?"

„Draußen bei meinen Sachen."

Nico kneift die Augen zusammen. „Willst du sagen, du hast deine Sachen einfach draußen stehen lassen?"

„Die klaut niemand", sagt Alina.

„Und wieso bist du da so sicher?"

„Ich weiß es einfach."

„Und dein Geld ist auch da?"

Alina nickt.

Nico wartet, ob sie noch etwas sagt, aber als sie schweigt und Mücke auch keinen Ton von sich gibt, schüttelt er den Kopf.

„Ich glaub euch kein Wort."

„Dann komm doch raus und überzeug dich selbst", sagt Mücke.

Nico zögert, er schaut von einem zum anderen. „Okay", sagt er, „ich komm mit raus."

„Mein Freund gibt dir das Geld", sagt Alina.

„Ach, so ist das." Nico bleibt stehen. „Ihr seid nicht alleine."

„Wer hat behauptet, dass wir alleine sind?" Mücke lächelt. Ihr gefällt es, wie Alina mit Nico umgeht, das spürt Alina.

Sie gehen hintereinander die Kellerstufen hoch, durchqueren den Hinterhof, gehen durch das Haupthaus, einen Flur mit herabgefallenen Kacheln und aufgeplatzten, gelben Müllsäcken, nach vorn zur Straße.

Mit aufgeblendeten Scheinwerfern jagen die Autos vorbei. Nico schaut sich um. „Und? Wo ist er? Dein sauberer Freund?"

„Da drüben." Alina deutet auf die andere Seite, jenseits der vierspurigen Fahrbahn.

„Welcher? Der Ford? Oder der Kombi?"

„Der Ford."

Kaum hat Alina zu Ende gesprochen, klemmt sie sich das Bündel vor den Bauch und rennt über die Straße. Sie flitzt zwischen den Autos hindurch, schnell wie ein Wiesel, hört um sich herum Hupen und Schreie, das Gegröle von Nico, aber das kümmert sie nicht. Als sie den anderen Bürgersteig erreicht hat, dreht sie sich um. Sie sieht, dass Mücke ein paar Meter weiter auch versucht die Straße zu überqueren.

Nico trägt nur seine Hausschlappen, damit kann er offenbar nicht laufen. Jedenfalls macht er keine Anstalten ihnen zu folgen, sondern ruft Mücke nur etwas nach, flucht und droht. Als Mücke nicht reagiert, hebt er einen Stein auf und schleudert ihn mitten zwischen die Autos.

Alina schließt die Augen.

O Gott, denkt sie, gleich passiert ein Unglück. Sie hört, wie Bremsen quietschen. Hört einen Mann fürchterlich brüllen. Aber als sie die Augen wieder öffnet, ist Nico verschwunden, und die Autos rollen in gleichmäßigem Tempo an ihr vorbei. Mücke kommt ihr entgegen. Ganz lässig schlendert sie, das Bündel auf dem Rücken.

Alina holt tief Luft.

„Das war ein echt starker Abgang", grinst Mücke. „Du bist unheimlich schnell. Warst du immer gut in Sport?"

Alina schüttelt den Kopf. „Ich hab meistens geschwänzt. Hatte keine Lust auf so Sachen wie Volleyball und Geräteturnen. Ich fand das ätzend."

„Trotzdem bist du schnell."

Alina runzelt die Stirn. Sie denkt, irgendetwas ist nicht in Ordnung, aber es fällt ihr nicht ein. Bis sie Sugars Bellen hört. „Der Hund!", kreischt sie. „Wo ist Sugar?!"

Mücke winkt lässig ab. „Die muss bloß mal scheißen." Sie steckt die Finger in den Mund und pfeift. Im nächsten Augenblick ist Sugar auch schon wieder bei ihnen.

Alina geht in die Hocke, nimmt den Kopf des Hundes und vergräbt ihr Gesicht in seinem Fell.

Sugar bleibt ganz ruhig stehen.

„Hey", ruft Mücke, „was ist jetzt auf einmal?"

Alina rührt sich nicht. Und Sugar spürt, dass sie Alina jetzt in Ruhe lassen muss. Vielleicht merkt sie, dass ihr Fell nass wird von ihren Tränen.

Alina kann nichts machen, die Tränen laufen ihr einfach übers Gesicht. Mücke bückt sich, zieht Alina an den Haaren hoch und schaut ihr ins Gesicht.

„Du heulst?", fragt sie.

Alina lässt Sugar los, steht auf und wischt sich die Tränen mit dem Ärmel weg. „Schon vorbei“, murmelt sie und geht eilig weiter. Nur weg hier, denkt sie.

„Hey, was war denn los?“ Mücke kann kaum mit Alina Schritt halten.

„Nichts“, sagt Alina.

„Komm, irgendwas war doch eben. War das, weil ich Nico gesagt hab, er kann dein Geld haben?“

„Er hat es jedenfalls nicht gekriegt.“ Alina bleibt stehen. „Und damit das klar ist: Du kriegst es auch nicht. Ich muss mir davon einen Schlafsack und neue Sachen kaufen.“

„Hey, ich will dein verdammtes Geld nicht.“

Sie gehen nebeneinander her. Sugar, wieder vergnügt, umkreist sie fröhlich bellend.

„Und was willst du dann?“ Alina bleibt stehen und fixiert Mücke. „Irgendwas willst du doch. Oder wieso schleppst du mich hier quer durch Hannover? Wieso tust du das?“

Es ist ein merkwürdiger Moment. Neben ihnen jagen die Autos hin und her. Sie gehen an einem Bauzaun entlang, der gepflastert ist mit Konzertplakaten.

Was, verdammt noch mal, mache ich hier eigentlich?, fragt Alina sich. Aber bevor sie eine Antwort auf die Frage findet, sagt Mücke: „Ich dachte, wir könnten Freunde werden.“ Sie spuckt das Kaugummi aus, das sie die ganze Zeit in der Backe versteckt hatte. „Tut mir Leid, dass ich so blöd war.“

„Ich brauche keine Freunde“, sagt Alina.

Mücke schaut sie an, hebt die Schultern.

„Ich mein das ernst“, beharrt Alina.

Mücke streckt die Hand aus und krault Sugar. „Jeder braucht einen Freund!“, sagt sie. „Wenn ich sonst nichts kapiert hab, aber das habe ich kapiert.“

Bevor Alina antworten kann, deutet sie nach vorn. Eine Straßenbahn, deren Inneres grell erleuchtet ist, fährt vorbei. Sie ist nur spärlich besetzt. Man sieht, wie Menschen aufstehen und zur Tür gehen.

„Das ist die 32“, sagt Mücke. „Wenn wir laufen, können wir sie noch kriegen.“

„Und wann fährt die nächste?“, fragt Alina. Sie ist auf einmal furchtbar müde, alles tut ihr weh, jeder einzelne Muskel ihres Körpers. Auch das Gesicht, die Kopfhaut. Alles.

„In einer Viertelstunde oder so.“

„Okay, dann nehm ich die nächste“, sagt Alina.

Sie bleibt einfach stehen und schließt die Augen.

Als sie sie wieder öffnet, blickt sie in Mückes Gesicht.

Mückes große, aufmerksame Augen. „Irgendwas hast du doch“, sagt sie.

Alina lächelt. „Quatsch.“

„Doch, irgendwas ist mit dir los. Ich krieg das noch raus.“

„Vielleicht auch nicht“, sagt Alina. Sie sieht der erleuchteten Straßenbahn nach.

„Das *Magazin* ist ein Platz“, sagt Mücke, „wo man echt mal nicht gestört wird. Sonst kannst du ja machen, was du willst: Immer kommen irgendwelche blöden Typen vom Jugendamt oder von der Sozialbehörde und wollen dir erklären, was gut für dich ist. Immer wird man von Ordnungsbeamten, Stadtgärtnern oder irgendwelchen Leuten weggejagt. Aus dem Park, vom Brunnen, vom Bahnhof. Überall jagen sie dich weg, wenn du da deine Wolldecke ausbreitest, einen Wassernapf für deinen Hund hinstellst und einfach nur dein Gesicht in die Sonne hältst. Das stört die Leute ja schon. Ich versteh überhaupt nicht, wie manche drauf sind. Mann, wir tun doch nichts. Wir lassen die in Ruhe und die lassen uns in Ruhe."

Sie sitzen in der Straßenbahn und draußen wird es dunkler. Die Fahrbahnbeleuchtung wird spärlicher, immer weniger Autos sind zu sehen. Sie fahren jetzt durch einen grauen Vorort.

Alina starrt durch die Scheiben.

„Wir müssen bis zur Endstation fahren", sagt Mücke, „und dann noch zwanzig Minuten zu Fuß gehen. Glaubst du, dass du das schaffst?"

„Wieso soll ich das nicht schaffen?", brummt Alina „Erzähl lieber weiter!"

„Ja, also, ich bin zufällig draufgekommen, dass da mittwochs immer was abgeht. Ich hab mich mit zwei Typen unterhalten, am Bahnhof. Ich hab zu der Zeit 'ne neue Wohnung gesucht, es war Winter, weißt du, ich brauchte irgendwie eine warme Bude. Ich hatte so einen Husten zu der Zeit, das kam wahrscheinlich vom ungesunden Leben. Na, die beiden haben gesagt, frag doch mal bei den Leuten vom *Magazin* nach. Die wissen alles. Da hängt ein schwarzes Brett. Da kannst du einen Zettel dranpinnen. Das liest jeder."

Schräg gegenüber sitzt eine alte Frau. Sie hat ganz verknöcherte Hände, aber trotzdem hält sie Strickzeug in der Hand. Rosa Wolle.

Alina beobachtet fasziniert, wie geschickt diese verkrüppelten Hände mit den Stricknadeln und der Wolle umgehen. Die Oma schaut nicht auf. Sie interessiert sich nicht für das, was Mücke sagt. Vielleicht ist sie schwerhörig.

Außer der Oma sind nur noch zwei Typen mit Springerstiefeln im Waggon. Sie stehen gleich am Ausgang. Sie sagen kein Wort. Sie halten sich an der Haltestange fest, und man kann die Tätowierungen an ihren Armen sehen. Obwohl es kalt ist, tragen beide nur Unterhemden, schwarze Unterhemden, wahrscheinlich, weil man ihre Tattoos bewundern soll.

„Jetzt ist jeden Mittwoch da die Mega-Fete. Das hat sich rumgesprochen, weißt du. Die Leute kommen von überall. Alles ist zugeparkt. Aber du kommst bloß rein, wenn du das Stichwort kennst. Da wird kontrolliert. Die haben natürlich Angst, dass sich da irgendwelche Spitzel reinschleichen und die Sache hochgehen lassen."

„Was denn für Spitzel?", fragt Alina.

„Na, die Bullen! Du bietest denen Drogen an, und zum Schein gehen die auf das Geschäft ein, und plötzlich sind da überall Bullen mit ihren Handschellen, und du musst die Arme hochreißen, und sie befingern dich von oben bis unten. Und wenn du wieder zur Besinnung kommst, sitzt du schon auf der Wache. Oder im Knast. Und das ist einfach scheiße. Hast du schon mal gesessen?"

Alina schüttelt den Kopf. Sie denkt an die Verhandlung vor dem Jugendgericht, an die Richterin, die so mütterlich war. Die erzählt hat von ihren eigenen Kindern und dass die auch Mist gebaut haben, als sie klein waren und dass man jedem Kind eine Chance geben muss.

Alina erinnert sich, wie die Richterin sie gefragt hat, ob sie ihre Schuld einsehe. Ob es ihr Leid tue, dass sie die alten Leute so in Angst und Panik versetzt habe. Ob sie jetzt ein schlechtes Gewissen habe, dass sie armen Rentnern das Geld weggenommen habe.

Alina hat immer nur genickt und ja gesagt. Sie hat ein zerknirschtes Gesicht gemacht, und als die Richterin gesagt hat: „Schau mich an", hat Alina die Augen gehoben und die Richterin konnte sehen, dass Tränen in ihren Augen standen. Da hat die Richterin gelächelt und gesagt: „Ich sehe, dass du noch nicht ganz das Menschliche verlernt hast. Ich sehe, dass es dir Leid tut. Deshalb gebe ich dir eine Chance dich zu bewähren."

Und dann hat die Richterin Alina zu 15 Arbeitsstunden im Altersheim verurteilt. Im Altersheim *Rosenhaag*, wo sie die Toten am helllichten Tag im Sarg abtransportieren. Und die alten Leute in Rollstühlen vor sich hin dämmern und die Windeln nur einmal am Tag gewechselt bekommen, so dass alle stinken. Das hat Alina mal gelesen. Da war ein Altersheim, wo man den alten Leuten Plastiklätzchen umband, wenn man sie fütterte, damit sie nicht alles voll kleckerten. Alina fand das schrecklich. Sie hatte nachts Alpträume davon. Sie konnte einfach nicht hingehen in dieses Altersheim. Aber eins konnte sie schon immer: auf Knopfdruck weinen. Sie weiß, dass man in dieser Gesellschaft die Leute immer noch mit Tränen rühren kann. Wenn es nötig ist, weint Alina sofort. Und sie weiß immer, wann es nötig ist.

An der Endstation stopft die alte Frau ihr Strickzeug in den Beutel. Die Wolle rollt auf den Boden, Alina hebt sie auf und reicht sie der Frau. Die schaut einen Augenblick hoch. Ihre Augen sind klein und wässrig.

Sie sagt etwas in einer fremden Sprache, vielleicht Polnisch oder Serbisch. Sie hat einen ganz krummen Rücken, denn als sie aufsteht, ist sie nicht viel größer als im Sitzen.

Alina und Mücke gehen hinter ihr her zum Ausgang. Die beiden Skins stehen vor der anderen Tür und warten, schauen zu den Mädchen hin. Mücke tut, als sähe sie die beiden nicht.

Draußen wartet ein Auto. Daneben steht ein junger Mann. Er raucht eine Zigarette, aber er wirft sie weg, als die alte Frau aussteigt. Er geht auf sie zu. Sie stützt sich auf den Arm des jungen Mannes und geht mit ihm zum Auto. Die beiden steigen ein, fahren los.

Mücke holt erleichtert Luft. „Gott sei Dank“, sagt sie, „ich hab schon gedacht, die Alte steht auch auf Musik.“

„Die hatte ihr Portmonee ganz unten im Beutel“, sagt Alina. „Manchmal tragen die Alten ihr ganzes Geld mit sich herum, genau in solchen Beuteln, weil sie der Bank nicht trauen."

„Genau. Deshalb werden sie ja auch überfallen, weil sie so blöd sind."

„Bist du wegen so was ins Gefängnis gekommen?", fragt Alina.

Mücke schüttelt den Kopf. „Wir haben einen Bruch gemacht, in ein Ferienhaus. Das war in Mecklenburg-Vorpommern, an so einem See. Da steht eine geile Hütte neben der anderen. Ich war mit einem Typen da. Wir wollten eigentlich bloß entspannen, für ein Wochenende. Man konnte die Tür einfach so mit einem Brecheisen aushebeln. Natürlich haben wir die Schränke durchgewühlt. Dabei haben wir echtes Silberbesteck gefunden. Als wir das dem Juwelier in der nächsten Stadt verkaufen wollten, hat der sofort den Braten gerochen und die Bullen gerufen. War ja auch 'ne beknackte Idee! Wer glaubt schon zwei abgerissenen Typen, dass sie Omis gutes Silber ganz legal verkaufen wollen? Die Bullen hatten uns schon geschnappt, so schnell konnten wir gar nicht gucken, sag ich dir. Na ja, ich buch's unter der Rubrik Erfahrungen. Heiße Ware unverändert verkaufen? So bescheuert bin ich nie wieder."

Mücke pfeift nach ihrem Hund. Er kommt sofort heran. Sie deutet nach vorn. Alina erkennt durch dichtes Buschwerk hindurch die ersten Scheinwerfer. Sie hört das Brummen von Motoren. Und die Beats.

„Ist es da schon?", fragt sie. Sie hat so gespannt zugehört, wie Mücke erzählt hat, dass sie kaum auf den

Weg geachtet hat. Aber Mücke kennt den Weg auswendig. Plötzlich treten sie wieder auf eine Chaussee. Asphalt unter den Schuhen. Und dann kommt auch schon der Zaun. Zwei Meter hoher Maschendraht, darüber gerollter Stacheldraht. Hinter dem Zaun huschende Lichter. Keine Straßenbeleuchtung. Nur Taschenlampen, die wie Irrlichter hin und her gehen. Eine merkwürdige Atmosphäre.

„Wie machen die Musik ohne Strom?", fragt Alina.

„So wie man früher Musik gemacht hat", sagt Mücke, „ohne Verstärker. Klingt echt klasse. Wirst sehen. Wir gehen da rüber. Da ist der Eingang."

Sie gehen am Zaun entlang. Jetzt kommen immer mehr Leute. Am Straßenrand parken Autos. Es steigen Leute aus, sie lachen, rauchen und trinken.

Eine Art Volkswanderung auf den Eingang setzt ein.

„Das Codeword ist: Der Kanzler kriegt unsere Knete nicht", sagt Mücke, „kannst du das behalten?"

„Klar kann ich das. Und woher weißt du das dann?"

„So was weiß man eben."

Sie stehen an einem Loch, das mit Metallscheren in den Maschendraht geschnitten ist. Daneben liegen zwei große Büsche. Man kann die Ballen erkennen. Alina überlegt sich, dass diese Büsche wahrscheinlich nach der Fete wieder eingegraben werden und so den geflickten Zaun verbergen. Ganz schön raffiniert, denkt sie.

Rechts und links vom Zaun stehen zwei Typen mit Kapuzen-Jacken und Sonnenbrillen.

Sie winken die Leute einzeln durch, lassen sich von

jedem das Codewort ins Ohr sagen. Alina findet die Idee ein bisschen kindisch, aber sie sagt lieber nichts. Die Typen kommen sich unheimlich wichtig vor, und jetzt sieht Alina auch, dass fast alle schwarze Sachen tragen. Man kann sie in der Dunkelheit nur sehen, wenn eine Taschenlampe ihre Gesichter erleuchtet. Wie getarnt laufen alle herum.

Alina ist froh, dass sie auch ihr schwarzes XXL-Shirt anhat, und die Stone-Washed-Jeans in Anthrazit.

Sie dürfen aufs Gelände. Der Boden ist von den vielen Regenfällen aufgeweicht und schlammig. Altes Baumaterial liegt in großen Haufen herum. Man muss um verschiedene Schuppen herumgehen und über eine Art Holzbrücke steigen.

Alina kann nicht sehen, was unter der Brücke ist. Dann vorbei an ausrangierten Omnibussen, die sich wie Streichholzschachteln übereinander türmen und in dem flackernden Taschenlampenlicht wie ein Kunstwerk aussehen. Manche Busse haben noch Werbeaufschriften. Einige sogar noch ihre Räder.

„Sieht irre aus, was?", flüstert Mücke.

Alina nickt. Sie ist ganz beeindruckt. Der Beat wummert in ihrem Körper, und ihr Herzschlag passt sich dem an.

„Die machen gute Musik", sagt sie.

„Warte, bis wir drinnen sind. Das hier ist fast nichts gegen das, was drinnen abgeht."

Sie laufen, zusammen mit einer Gruppe anderer Jugendlicher auf einen großen Schuppen zu, eine Art

Werkhalle, die sich schwarz und drohend gegen den Nachthimmel abhebt.

„Da ist es“, sagt Mücke. „Kannst du mal dein Geld rausholen?“

„Wofür?“, fragt Alina. Sie ist sofort misstrauisch.

„Na, für den Eintritt. Kostet einen Fünfer pro Person. Ich geb’s dir zurück von dem Geld, was wir einnehmen. Wir machen halbe-halbe, klar? Hab ich versprochen. Ich bin so. Ich hab die Sachen zwar besorgt, aber von dem, was du verkaufst, gibst du mir einfach die Hälfte ab.“

Auf einer Holzkiste am Eingang sitzt ein Mädchen vor einer grünen Metallkasse und kassiert ein Fünfmarkstück nach dem anderen. Sie kennt fast jeden.

„Hallo, Cora“, sagt Mücke.

„Oh, auch wieder da. Ich hoffe, du hast Geld dabei.“

Mücke deutet auf Alina. „Sie zahlt. Das ist Alina. Alina, das ist Cora.“ Cora wirft Alina einen misstrauischen Blick zu. „Sie ist okay“, sagt Mücke schnell, „sie wohnt jetzt bei mir. Sie hat Geld.“

„Okay, dann krieg ich zwanzig Mark.“ Cora hält die Hand auf.

„Wieso denn zwanzig?“, fragt Alina. Sie hat einen Fünfzigmarkschein aus der Hosentasche gezogen und sieht, wie die beiden gierige Blicke darauf werfen.

„Für die letzten beiden Male, wo Mücke nicht gezahlt hat“, sagt Cora.

„Und wieso soll ich das bezahlen?“ Alina will den Geldschein wieder wegstecken. Irgendwie hat sie plötzlich das Gefühl, dass sie in eine Falle geraten ist.

„Komm, mach schon. Ich geb es dir gleich wieder. Von meinem ersten Verdienst“, sagt Mücke. „Stell dich nicht so an, Mensch. Ich teil mit dir alles, und du scheißt dir wegen zwanzig Mark in die Hosen. Wir haben in einer Stunde einen Hunderter verdient, das schwör ich dir. Ach, was sag ich, drei Hunderter.“

„Ihr haltet den ganzen Verkehr auf“, sagt Cora.

Sie schnippt Alina das Geld aus der Hand, gibt ihr dreißig Mark zurück und zwei Chips. Alina steckt das Wechselgeld wortlos ein. Mücke nimmt die Chips.

„Dafür gibt es je einen Drink“, sagt Cora. „Sinalco-Rum, ohne Eis natürlich. Schmeckt ein bisschen wie Pisse.“ Mücke lacht und schiebt Alina vorwärts. Alina kann nichts sehen. Aber dann wird ein schwarzer Vorhang zur Seite geschoben und auf einmal steht sie mitten in einer Diskothek.

Fackeln brennen an den Stahltüren. Auf einem Podest steht eine Band, die gerade Pause macht. Gitarren liegen auf dem Boden. Rechts die Bar ist total belagert. Auf dem Tresen, der vielleicht einmal eine alte Werkbank war, stehen große mit Sand gefüllte Einmachgläser. Darin brennen Teelichter.

Ein süßlicher Geruch zieht durch den ganzen Raum.

Mücke schiebt Alina immer weiter nach vorn.

„Wir gehen dahin“, sagt sie, „neben den Tresen. Das ist ein guter Platz. Da sieht man wenigstens was.“

7

Alina hockt auf einer umgedrehten Bierkiste. Sie trägt eines der T-Shirts mit dem Aufdruck SPEED QUEEN. Das war Mückes Idee. „Die Leute hier haben jede Menge Kohle bei sich. Wenn wir die T-Shirts anhaben, dann fragen bestimmt alle, wo man das Zeug kaufen kann."

Alina weiß nicht, wie lange sie da schon sitzt. Um sie herum Menschen, Menschen, Menschen.

Manche tanzen wie in Trance, manche mit einer Flasche in der Hand.

Alina hat ein Mädchen gesehen, das mit geschlossenen Augen Striptease gemacht hat. Sie zog ein Kleidungsstück nach dem anderen aus, und die Leute klatschten und feuerten sie an, bis ein Typ kam, ihr eine Ohrfeige gab und sie hinter sich herzerrte.

Sie sieht zwei Jungen in Lederjacken, die mit Heroin dealen. Ein anderer verkauft Ecstasy-Pillen. Auf dem Fußboden ist eine große Lache. Da hat jemand eine Flasche Rum fallen lassen. Der Geruch benebelt Alina.

Bisher hat sie immer nur Bier getrunken, nichts Hartes. Aber in dieser staubtrockenen Luft hat sie Durst. Mücke hat schon zweimal Nachschub geholt. Sinalco-Rum. Wenn Alina die Augen schließt, dreht sich alles um sie. Und das Schlagzeug wummert in ihrem Gehirn. Es ist, als würden sogar ihre Schädelknochen vibrieren.

Mücke ist nicht zu sehen. Sie ist plötzlich wie vom Erdboden verschwunden, hat Alina mit den Klamotten allein gelassen. Bislang hat noch kein einziger ein T-Shirt gekauft. Kein Wunder, denkt Alina, dass Mücke den Nico nicht bezahlen kann. Ist ja auch eine blöde Idee, bei so einer Veranstaltung was verkaufen zu wollen ...

Sie fragt sich, wo Sugar ist. Sie hat vergessen, was Mücke mit dem Hund gemacht hat, als sie die Werkhalle betreten haben. Alles war so dunkel.

„Hey, was kosten die Dinger?"

Alina reißt die Augen auf. Sie war schon halb weggedöst. Vor ihr steht ein Mädchen mit raspelkurzen Haaren und Nasenpiercing Sie hält einen Body in der Hand. „Was ist das für Material?"

„Baumwolle", sagt Alina.

„Woher kommt das Zeug?"

„Keine Ahnung."

„Korea oder was?"

„Ich weiß nicht", sagt Alina, „Mücke ist ..." Sie steht auf und schaut sich um.

Am Tresen stehen die Leute in Viererreihen. Sie kann nicht einmal mehr die Windlichter erkennen. Sie kann eigentlich gar nichts mehr sehen, außer das Wogen der Menschenmassen.

„Wahrscheinlich China", sagt das Mädchen, „da arbeiten die zwölf Stunden für eine Schale Reis."

„Kann sein", murmelt Alina. Mücke ist immer noch nicht zu sehen.

„Aber die machen gute Baumwolle in China."

„Genau. Ein Body kostet zehn Mark."

„Echt? Zehn Mark?" Das Mädchen schreit jetzt, weil die Musik lauter geworden ist. Das Mädchen trägt eine Jeansweste über einer schwarzen Seidenbluse. Sie zieht die Jacke aus und wirft sie Alina zu.

„Halt mal einen Augenblick." Sie knöpft die Seidenbluse auf. Sie hat einen ganz kleinen Busen. Sie trägt keinen BH. Man kann ihre Rippen sehen. Und die vorstehenden Schlüsselbeinknochen. Ein mageres Mädchen.

„Willst du das etwa anprobieren?", fragt Alina.

„Meinst du, ich kauf was und weiß nicht, ob es passt?"

„Aber das ist ein Body."

„Na und?" Das Mädchen streift ihren Strickmini herunter. Jetzt steht sie im Slip da. Ein grauer Slip mit schwarzen Käntchen.

Niemand interessiert sich für das, was bei ihnen in der Ecke abgeht. Alina hält die Weste und die Seidenbluse des Mädchens fest. Sie schaut sich nach Mücke um.

Plötzlich entsteht Unruhe. Die Musik bricht ab. Jemand schreit: „Achtung!"

Und dann schreit jemand: „Scheiße! Scheiße! Die Bullen!"

Und dann wieder: „Raus! Alle Raus! Schnell, raus! Raus!"

Und dann wird es plötzlich ganz hell, weil riesige Scheinwerfer aufflammen, und alle stehen da und starren in das grelle Licht. Alle haben weiße Gesichter.

Man sieht nur weiße Gesichter.

Das Mädchen hält wie erstarrt den Body in der Hand.

Ein Tumult bricht los. Überall ist Polizei. Die Leute versuchen zu fliehen.

Alina sieht zwei Polizisten auf sich zukommen. Sie halten Schäferhunde an der Leine, ganz kurz. Die sehen gefährlich aus. Sie haben etwas Raubtierhaftes. Ihre Augen leuchten.

Ein Polizist fasst Alina beim Arm, ein anderer das Mädchen. Sie kreischt sofort los und beißt wie wild um sich.

„Ganz ruhig", brummt der Polizist, „wir tun dir nichts!"

Alina will die Jacke wegwerfen, aber ein Polizist hebt sie auf.

Dann hört man eine Stimme durch ein Megafon: „Hört zu, Leute: Hier spricht die Polizei. Dies ist eine Razzia. Es hat keinen Zweck, hier jetzt Panik zu veranstalten. Ihr wisst, dass ihr euch auf illegalem Gelände befindet. Wir überprüfen jetzt ganz ruhig die Papiere von jedem Einzelnen. Vorher kommt ihr hier nicht raus."

Der Polizist hat Alina die Weste des Mädchens abgenommen und untersucht systematisch die Taschen.

Plötzlich zieht er ein kleines Päckchen heraus, weißes Pulver in Klarsichtfolie. Er lächelt zufrieden. „Was haben wir denn da?"

Alina merkt, dass das Mädchen verschwunden ist. Und ihr T-Shirt auch, das schwarze XXL, das sie ausgezogen hat, um dieses blöde SPEED-QUEEN-Shirt anzuziehen.

„Wo ist das Mädchen?", murmelt Alina. Ihr ist heiß.

Schweißperlen bilden sich auf ihrer Oberlippe. Von

Mücke immer noch keine Spur. Langsam wird Alina klar, dass sie nicht mehr auftauchen wird.

„Okay“, sagt der Polizist, „du kommst mit.“

„Aber das ist nicht meine Weste!“, schreit Alina. „Sie gehört dem Mädchen!“

„Klar. Klar. Du kommst trotzdem mit.“ Er hebt ein T-Shirt auf. „Und was ist das? Heiße Ware, oder?“

„Nein!“, schreit Alina. „Ich weiß nicht, was das ist.“

Sie sieht, dass zwei Polizisten hinter dem Tresen sind und die Barkeeper durchsuchen. Sie müssen sich mit dem Gesicht zur Wand stellen, die Beine gespreizt, und sich abtasten lassen. Jemand grölt irgendetwas und ein paar Leute lachen. Eine Bierdose fliegt auf Alina zu. Im letzten Augenblick duckt sie sich. Die Dose fliegt dem Polizisten an den Kopf. Der fasst sich an die Nase und flucht. Als er die Hand wegnimmt, sieht Alina Blut.

Auch das noch, denkt Alina. Das schiebt er mir garantiert auch noch in die Schuhe.

Der Polizist packt ihren Arm sehr hart. „Komm schon“, sagt er.

Alina windet sich. Er bückt sich, hebt ein T-Shirt auf, stopft es in seine Jacke. „Was das ist, kriegen wir auch raus“, knurrt er. „Wir kriegen alles raus. Wieso kapiert ihr das nicht?“

Er schiebt Alina durch die Menge auf den Ausgang zu. Sie kommt sich vor wie eine Puppe, eine Marionette.

Der Polizist trägt die Jeansweste, das Papiertütchen mit dem Heroin hat er in die Hosentasche gesteckt. Einen Augenblick überlegt Alina, ob er es vielleicht behält. Sie hat schon von korrupten Polizisten gehört, die selber dealen und den Stoff verkaufen, den sie vorher beschlagnahmt haben.

Sie überlegt, ob sie dem Polizisten Geld anbieten soll, damit er sie laufen lässt.

Aber wenn er sich nicht bestechen lässt?

Dann hat sie noch schlechtere Karten.

Plötzlich stehen sie draußen in der Nacht. Es regnet leise.

Unter ihren Sohlen quietscht der nasse Lehm. Vor der Halle stehen Streifenwagen mit rotierendem Blaulicht.

„Also", sagt der Polizist freundlich, „dann wollen wir mal."

Er streckt die Hand aus.

„Was wollen Sie?", fragt Alina.

„Deinen Personalausweis. Wenn du sechzehn bist, hast du ja längst einen."

„Den hab ich zu Hause", lügt Alina.

„Ah, und wo ist das?"

Alina überlegt fieberhaft. Was soll sie sagen?

Weil ihr so schnell nichts einfällt, gibt sie ihre richtige Adresse an. Macht ja nichts, denkt sie, ich geh sowieso nicht wieder zurück. Die würden mich ja auch gar nicht haben wollen. Und ich will auch nicht.

„Sonnenstraße 23, in Meerbusch."

„Mhm. Und der Name? Sag jetzt nicht, dass du Speed-Queen heißt. Das glaub ich dir nämlich nicht."

„Alina Bremer."

„Und das soll ich dir glauben?" Der Polizist blickt sie

über den Brillenrand misstrauisch an. Alina hebt die Schultern. Hinter ihr Lärm, Unruhe. Sie schaut sich um.

Der Polizist, der sie bewacht, wirft die Jeansweste auf den Tisch. Dann das Päckchen mit dem Heroin. „Das war in ihrer Tasche."

„Die Jacke gehört nicht mir!", schreit Alina. „Das hab ich schon dreimal gesagt!"

„Du kannst es zehnmal sagen", brummt der Polizist, „ich glaub dir trotzdem nicht." Er wendet sich an den Polizisten. „Name und Adresse hast du?"

Als sein Kollege nickt, packt der Polizist Alina am Hals und stößt sie aus dem Wagen.

„Mensch, das tut weh!", schreit Alina. „Wieso seid ihr alle immer so verdammt grob?"

„Ah! Alle! Immer! Die junge Dame kennt uns schon, was? Dann wollen wir doch auch noch gleich ein paar Fingerabdrücke nehmen."

Der Polizist fasst ihr Handgelenk und will sie wieder in den Wagen zurückziehen.

Alina zieht seine Hand an ihren Mund und beißt einfach zu. So fest sie kann.

Der Polizist heult auf wie ein Wolf. Er brüllt vor Schmerz und lässt los.

Alina fällt fast in den Dreck, kann sich aber aufrappeln und rennt. Blindlings. Sie hat keine Ahnung, wo der Ausgang ist und wie man unbemerkt vom Gelände kommt. Sie rennt einfach, stößt Leute aus dem Weg, umkreist Streifenwagen, läuft hinter einem fahrenden Auto her, sieht auf einmal vorne Polizisten mit grellen Taschenlampen stehen, stark wie Halogenscheinwerfer. Deshalb duckt sie sich hinter das Auto, rennt neben ihm her durch den Zaun, den die Polizisten einfach eingetreten oder umgefahren haben und steht plötzlich auf dem Asphalt.

Der Streifenwagen fährt mit heulendem Motor weg. Sie sieht, wie seine Scheinwerfer sich in die Dunkelheit fressen.

Feiner Nieselregen legt sich auf ihr Haar, ihr Gesicht, ihr T-Shirt.

Es ist kalt, aber Alina spürt die Kälte nicht. Sie verlässt das Gelände nicht in der Richtung, aus der sie mit Mücke gekommen ist. Sie wird einfach in die andere Richtung gehen, so lange, bis ihr irgendetwas begegnet. Ein Haus, eine Bushaltestelle, eine Tankstelle. Irgendetwas. Sie wird einfach nur gehen. Gehen. Und nichts denken.

8

Das *DroB In* in Berlin-Mitte ist wie immer gerammelt voll. Die Leute von der Drogenberatung sind seit acht Stunden nicht vor die Tür gekommen. In den beiden Räumen, die den Drogensüchtigen zur Verfügung stehen, ist kein Zentimeter freier Platz. Alle Stühle sind besetzt, die Jugendlichen hocken auf dem Boden, auf der Heizung, auf dem Fensterbrett.

Draußen regnet es in Strömen.

Judith, eine Streetworkerin, verteilt fotokopierte Zettel, auf denen die neuen Öffnungszeiten des *DroB In* notiert sind. Ein Junge, dessen spindeldürre Beine in einer Stretchhose mit Zebramuster stecken, nimmt den Zettel, knüllt ihn zusammen und wirft ihn auf den Boden.

„Warum willst du dir das nicht angucken, Lodda?", fragt Judith.

Lodda schüttelt den Kopf, lässt sich rückwärts gegen die Heizung fallen und schließt müde die Augen.

„Geht's dir nicht gut?", fragt Judith.

Lodda gibt keine Antwort.

Judith kniet neben ihm. „Sag mal, dieses Mädchen ..."

„Was für ein Mädchen?"

„Du weißt schon. Die die ganze Zeit beim Griechen gewohnt hat, in der Kurzestraße, die immer abhaut, wenn ich mit ihr reden will ..."

„Ach, du meinst die *Speed Queen.*"

„Nennt ihr die so?"

„Wenn du die meinst, die ich meine."

„Jemand hat gesagt, sie heißt Alina."

„Dann ist es die *Speed Queen.*"

„Und wieso heißt die so? Ist die auch auf Drogen? Ich dachte, die ist clean."

Lodda hebt die Schultern. „Wenn mich irgendwas nicht interessiert, dann ist das, wer in diesem beschissenen Land clean ist und wer nicht."

Judith seufzt. „Mann, du bist ja wieder gut drauf."

„Mir ist schlecht. Dieses Scheißwetter geht mir auf den Keks. Kannst nichts verdienen bei dem Regen. Kein Freier unterwegs. Hängen alle bei ihrer Mutti rum, oder vorm Fernseher. Ist denen ja scheißegal, wie wir hier über die Runden kommen."

„Ich besorg dir was zu essen. Willst du eine Thüringer?"

Lodda verzieht das Gesicht. „Bei dem Gedanken an Würstchen muss ich kotzen."

„Okay, dann ein Baguette?"

Lodda nickt. Judith verschwindet im hinteren Raum, der den Sozialarbeitern und Streetworkern vorbehalten ist. In der Kochnische bereitet sie Lodda schnell das Baguettebrötchen zu. Ein Klecks Butter, zwei Scheiben Salami, zusammenklappen, fertig.

Ihre Kollegin Iris kommt herein, als Judith wieder verschwinden will. „Na?", fragt sie. „Kommst du weiter?"

„Du meinst mit dem Mädchen?" Judith schüttelt den Kopf.

„Die ist wie vom Erdboden verschwunden."

„Ich hab mich bei mir in der Gegend umgehört. Sie wird *Speed Queen* genannt, wusstest du das?"

Judith nickt. „Hab ich gerade erfahren."

„Vielleicht ist sie zu ihren Eltern zurück."

Judith schüttelt den Kopf. Sie schaut zu, wie ihre Kollegin sich aus der Thermoskanne einen Kaffee einschenkt. „Glaub ich nie und nimmer. Die hat zu viel Mist gebaut. Die wagt sich nicht mehr nach Haus." Als sie mit dem Baguette in den anderen Raum zurückkehrt, ist Lodda verschwunden.

Judith flucht. Ratlos hält sie das Baguette in der Hand. Ein Mädchen steht plötzlich neben ihr, schnuppert.

„Was ist das? Salami?“

Judith dreht sich um. Vor ihr steht Alina. Aber sie sieht verändert aus.

Sie hat sich eine Glatze rasiert. Und rechts über dem Ohr ein Gänseblümchen tätowiert. Alina ist blass und noch dünner als vor ein paar Wochen, als Judith sie zuletzt gesehen hat.

„Ich hab gerade nach dir gefragt“, sagt Judith, „das nenne ich Zufall.“

„Und ich nenne das Gewohnheit. Du fragst doch jeden Tag nach mir. Kann ich das haben?“

Alina wirft einen gierigen Blick auf das Brötchen.

Judith gibt es ihr. Alina klappt es auf. „Ist das Salami vom Schwein oder vom Rind?“

„Keine Ahnung. Wieso?“

„Schweinefleisch mag ich nicht so. Aber ist auch egal, schätze ich.“ Alina beißt in das Brötchen.

Judith mustert sie verstohlen. Alina trägt ein Sweatshirt mit Kapuze, dunkelblau, eine rote Stretchhose aus Kunstseide und Jesuslatschen. Am Handgelenk blitzt eine goldene Uhr.

„Oh“, sagt Judith, „hast du einen reichen Freund?“

„Was soll die blöde Frage?“

Judith deutet auf die Uhr.

Alina bleibt ganz cool. „Die ist nicht echt. Die hab ich einem Albaner abgekauft. Der hatte eine ganze Tasche von dem Zeug.“

Alina wendet sich ab. Sie sieht sich um, geht ein paar Schritte und schaut in den Nachbarraum. Dann lehnt sie sich an die Zwischentür, isst und beobachtet das Treiben in der drangvollen Enge.

Judith ist ihr gefolgt. Sie bleibt neben ihr stehen.

„Kennst du hier viele?"

Alina schüttelt den Kopf. „Sind ja alles Junkies", sagt sie. „Ich nehme keine Drogen."

„Wirklich nicht?", fragt Judith.

Alina schaut zu ihr hin. Einen Augenblick begegnen sich ihre Augen, und Judith denkt, dieses Mädchen hat irgendwas Besonderes. Als sie lächelt, wendet Alina sofort den Kopf ab.

„Und wieso kommst du her, wenn du keine Drogen nimmst? Das hier ist doch eine Drogenberatungsstelle."

„Es regnet", sagt Alina. „Und ich hatte keinen Bock, dass mein Schlafsack nass wird."

„Wohnst du nicht mehr bei dem Griechen?"

Alina schüttelt den Kopf.

Aus dem Mädchen muss man jeden Satz herauspressen, denkt Judith.

„Und wieso nicht?"

Alina zuckt mit den Schultern. Plötzlich lächelt sie und winkt. Lodda ist zurückgekommen. Er war offenbar nur auf der Toilette.

„Was war mit dem Griechen?", fragt Judith.

Alina achtet nicht auf Judith. Sie schaut zu Lodda hin, der vorsichtig über die ausgestreckten Beine der anderen Junkies steigt. Immer mehr Leute kommen herein.

Jemand geht mit einer Thermoskanne herum und bietet Kaffee an. Ein Mädchen sitzt vornübergebeugt auf ihrem Stuhl, den Kopf zwischen den Knien, völlig reglos. In der Ecke, an der Heizung, die jetzt im Frühsommer gar nicht an ist, liegt zusammengekauert ein Mann mit grauen Haaren und schläft.

„Willst du mir nicht sagen, warum du nicht mehr beim Griechen wohnst?" Wenn Judith sich erst einmal an einer Frage festgebissen hat, bringt sie so schnell niemand davon ab.

„Nein", sagt Alina, „will ich nicht."

„Die anderen sagen, der Grieche ist nett."

„Was die anderen sagen, interessiert mich nicht."

„Ihr zahlt alle zehn Mark oder? Pro Nacht?"

„Wenn du mit dem Griechen schläfst, musst du gar nichts zahlen."

Judiths Augenbrauen gehen hoch. „Ach, wirklich? Bei ihm wohnen doch die zwei Jungen, die sind höchstens zwölf."

„Die tun mir Leid", sagt Alina. „Ich hab versucht, denen zu erklären, dass es scheiße ist, wenn sie mit zwölf schon so was machen. Ich meine, freiwillig. Wenn man sich nicht wehren kann, ist das was anderes …"

Bevor Judith einhaken kann, steht plötzlich Lodda vor ihnen. Er grinst Alina an, Alina grinst zurück. „Hi", sagt er.

„Hi, alles in Ordnung?"

Lodda nickt. Er deutet auf Judith. „Die hat dich mal wieder gesucht."

„Ich weiß. Sie sucht mich ja immer." Alina wendet sich plötzlich zu Judith. „Wieso bin ich eigentlich so interessant? Ich sag doch, ich bin nicht auf Drogen, um mich müssen Sie sich nicht kümmern."

„Ich muss mich um alle Kinder kümmern, die auf der Straße leben."

„Sie ist kein Kind", sagt Lodda, „sie ist eine Frau."

Judith nickt. Sie schaut Alina an. Alina sagt nichts. Versucht nur ganz cool zu bleiben. Sie wischt ihre Hände an den Hosen ab.

„Ich muss weiter." Sie zwängt sich zwischen Lodda und Judith hindurch. „Bis die Tage."

„Okay, bis die Tage." Lodda hebt lässig die Hand zum Gruß. Er hat ganz dünne, knochige Finger und blutunterlaufene Stellen am Unterarm. Judith hat einen Flecken in seinem Gesicht entdeckt, eine bläuliche Verfärbung, die vorher nicht da war. Nicht, als sie das letzte Mal mit Lodda gesprochen hat. Sie möchte ihn überreden einen Aidstest zu machen, aber Lodda weigert sich. Er ist achtzehn. Er hat das Recht sich zu weigern. Er behauptet, er sei gesund. Was will man da machen?

Judith sieht, wie Alina ihren Schlafsack und einen lila Campingsack aufhebt und damit zur Tür geht.

Plötzlich fasst sie einen Entschluss. „Alina!", ruft sie.

Alina steht an der Tür, dreht sich langsam um.

„Warte! Ich komm mit! Ich muss sowieso los."

Alina schaut Judith an. Ein kühler, abschätzender Blick über die Köpfe der anderen hinweg. Durch den Qualm von Zigaretten und dampfendem Kaffee, über das träge Gemurmel der Stimmen hinweg, schaut sie Judith an. Lange. Dann schüttelt sie den Kopf, öffnet die Tür und verschwindet.

Lodda grinst. „Bei der hast du irgendwie kein Glück, oder?“

Judith ist wütend. Sie überlegt, ob es Sinn macht Alina zu folgen.

„Was hat sie nur gegen mich?“, fragt Judith.

„Keine Ahnung, das musst du sie schon selber fragen. Ich glaube, die hat gegen jeden was.“

„Ich werde sie wegen dieser Sache vor den Jugendrichter bringen“, sagt Judith.

„Wegen welcher Sache?“

„Diese Kreditkarte. Die gehörte einem Lastwagenfahrer aus Potsdam. Das haben wir ermittelt. Der sagt, er sei bestohlen worden. Von einem Mädchen, das er in Hannover an einer Tankstelle aufgelesen und bis Potsdam mitgenommen hat. Die Beschreibung passt genau auf Alina. Er sagt, das Mädchen hat ihn mit einem Messer bedroht und ist dann abgehauen.“

„Sie hat kein Messer“, sagt Lodda.

„Woher weißt du das?“

„Weil ich es weiß. Einfach so.“

„Vielleicht hat sie es weggeworfen?“

„Quatsch. Wer wirft ein teures Messer weg?“

„Woher weißt du, dass es ein teures Messer war?“

Lodda holt tief Luft. „Weißt du, was mir an diesem Laden stinkt? Dass ihr hier immer Verhöre anstellen müsst. Wieso bist du nicht wie früher? Früher hast du

Das Leben steckt voller Überraschungen. Und du stehst mittendrin.

Wer hat noch nicht davon geträumt, die Welt zu erobern, die erste große Liebe zu erleben und seine Zukunft fest in die eigenen Hände zu nehmen.
In unseren neuen Büchern zeigen viele starke Mädchen, wie sie Vorurteile, Unverständnis und Probleme meistern und ihr Leben, ihre Liebe und Hoffnungen verwirklichen. Da ist zum Beispiel Nella, die sich ihren Weg zum Erfolg hart erkämpfen muss. Oder Kathrin, die ihren Traumboy kennenlernt und immer noch auf das große Gefühl wartet. Und Jana, die endlich etwas Sinnvolles aus ihrem Leben machen will.
Tauche ein in die Welt dieser Heldinnen, die vieles mit dir gemeinsam haben, denn es sind alles starke Mädchen - wie du.
Deine Mädchen-Redaktion im Egmont Franz Schneider Verlag.

Tina Caspari
Nella, 16, Schauspielerin
Traumjobs, Band 1

Schauspielerin werden - das ist Nellas größter Wunsch. Und mit Talent und Selbstvertrauen schafft sie die Aufnahmeprüfung an der Schauspielschule mit links. Doch ausgerechnet ihr Vater, ein berühmter Regisseur, spielt nicht mit. So muss Nella ein turbulentes Doppelleben führen und die Liebe ihres Freundes wird auf eine harte Probe gestellt.

160 Seiten,
DM 14,95 / öS 109,-

Angela Schützler
Kim, 16, Sängerin
Traumjobs, Band 2

Kim singt für ihr Leben gern. Als ein Talentwettbewerb in ihrer Lieblingsdisko stattfindet, wird sie überredet mitzumachen. Und Kim gewinnt. Eine Schallplattenfirma verspricht ihr eine traumhafte Karriere. Daraus wird zunächst nichts. Doch als Benny auftaucht, der Mädchenschwarm aus einer Boygroup, findet sie ihren Weg.

160 Seiten,
DM 14,95 / öS 109,-

Ulrich Hoffmann
Iris, 15, Model
Traumjobs, Band 3

Als Iris den FACE-Schönheitswettbewerb gewinnt, scheint ihr Traum, Model zu werden, in Erfüllung zu gehen. Doch bei den Foto-Shootings stiehlt ihr Fiona mit ihrer coolen Art jedes Mal die Schau. Dann aber lernt sie Stefan, den netten Foto-Assistenten, kennen und bald stimmt alles, vor und hinter der Kamera ...

160 Seiten,
DM 14,95 / öS 109,-

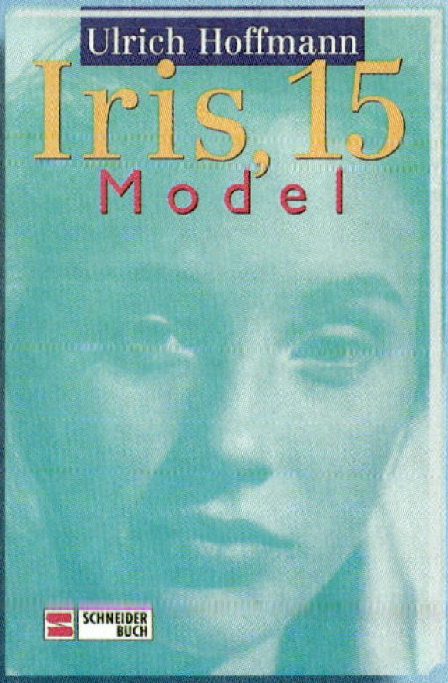

Brigitte Blobel
Lea will es wissen
Starke Mädchen, Band 1

Lea ist frustriert: Ihr Freund hat nie Zeit für sie und flirtet mit einer anderen - und ihre Eltern wollen nicht einsehen, dass sie schon lange kein Kind mehr ist.
Da hilft nur eins: Lea muss ihr Leben selbst in die Hand nehmen ...

192 Seiten,
DM 16,95 / öS 124,-

Brigitte Blobel
Keine Panik, Jenny
Starke Mädchen, Band 2

Wochenlang hat Jenny gegen den Umzug nach Berlin Terror gemacht. Es hat nichts geholfen. Momo, Jennys Kaninchen, ist ihr einziger Trost. Doch Momo verschwindet. Als Jenny erfährt, was Kalle, der Typ mit dem rasierten Schädel und den Springerstiefeln, mit Momo gemacht hat, dreht sie durch.

192 Seiten,
DM 16,95 / öS 124,-

Brigitte Blobel
Meike liebt Ken
Starke Mädchen, Band 3

Seit Meikes Mutter tot ist, muss sie sich um ihren kleinen Bruder kümmern und um ihren Vater, der immer öfter zur Flasche greift. Doch Meike findet Halt in ihrer Liebe zu Ken. Der allerdings ist auf Klassenfahrt und wird von einer anderen angemacht ...

192 Seiten,
DM 16,95 / öS 124,-

Brigitte Blobel
Sofies Geheimnis
Starke Mädchen, Band 4

Als Sofie herausfindet, dass ihr kleiner Bruder von Maik, dem Anführer einer Straßengang, erpresst wird, will sie den Kerl zur Rede stellen. Doch sie hat nicht mit Maiks Charme gerechnet, dem sie sich nicht entziehen kann.

224 Seiten,
DM 16,95 / öS 124,-

Brigitte Blobel
Immer wieder Marie
Starke Mädchen, Band 5

Niemand will Marie glauben, dass ihr Lehrer sie nachts auf der Klassenfahrt geküsst hat. Marie ist wütend, sie bekommt nichts mehr auf die Reihe und macht Zoff im Unterricht.
Aber kurz bevor Marie von der Schule fliegt, bemüht sich Kilian um sie.

192 Seiten,
DM 16,95 / öS 124,-

Ishbel Moore
Die Fremde im grünen Kleid

Die 17-jährige Dolina ist seit ihrer Kindheit sich selbst überlassen. Deshalb findet sie sich auch bei der netten Familie nicht zurecht, die sie übers Wochenende bei sich aufnimmt. Das grüne Ballkleid, das man ihr für eine Hochzeit besorgt, weckt viele Sehnsüchte in ihr. Dolina ahnt nicht, dass vielleicht bald ein Traum für sie in Erfüllung gehen wird ...

160 Seiten,
DM 16,95 / öS 124,-

Herbert Friedmann
Schmetterlinge im Bauch
Kuschelrock

Kathrin ist gerade 17 geworden, als sie Philipp kennen lernt. Er ist irgendwie ein totaler Spinner, doch sie fühlt sich trotzdem zu ihm hingezogen. Ist sie wirklich so cool, wie sie immer tut? Und wo bleibt das Schmetterlingsgefühl im Bauch?

192 Seiten, DM 16,80 / öS 123,-

Helen Hoffmann
Blind Date
Kuschelrock

Aus dem Blind-Date-Dinner, das Kiara übers KuschelRadio gewonnen hat, wird nichts. Denn Jens, der Junge mit der wundervollen Stimme, erscheint nicht. Kurz darauf verliebt Kiara sich in Jan, den sie zufällig kennen gelernt hat. Als sie die Blind-Date-Verabredung mit Jens wiederholen soll, erlebt Kiara eine Überraschung ...

192 Seiten, DM 16,80 / öS 123,-

Herbert Friedmann
Die Nacht der Zärtlichkeit
Kuschelrock

Als Mona den süßen Diskjockey Benny im Feriendorf kennen lernt, ist sie hin und weg. Zwei Tage vor ihrer Abreise erlebt sie mit ihm die Nacht der Zärtlichkeit. Wieder zu Hause wartet Mona vergeblich auf ein Lebenszeichen von ihrem Traumboy. Doch da steht er eines Tages vor ihrer Tür. Aber das große Herzklopfen will sich nicht einstellen. Wird die Nacht der Zärtlichkeit einmalig bleiben?

192 Seiten, DM 16,80 / öS 123,-

Irma Krauß
Janas Entschluss
Einsatz fürs Leben, Band 1

Für Jana, 16 Jahre, ist gerade Frustzeit: Die Schule ödet sie an, ihre Beziehung mit Udo war ein Reinfall und ihre Eltern wollen sie zu einer Model-Karriere zwingen. Doch Jana will nicht frustriert sein. Sie will etwas Sinnvolles tun. Schon bald steht ihr Entschluss fest: Sie will Leben retten.

176 Seiten, DM 16,95 / öS 124,-

Irma Krauß
Nächtliches Drama
Einsatz fürs Leben, Band 2

Mitten in der Nacht wird Jana zu ihrem ersten Großeinsatz gerufen, bei dem es um Leben und Tod geht. Mit Angst - aber auch mit dem ungebrochenen Willen zu helfen, eilt Jana zu dem Unfallort, wo auch Pascal zur Stelle ist. Diese Nacht ist für beide der Anfang einer großen Liebe ...

176 Seiten, DM 16,95 / öS 124,-

Irma Krauß
Notfall im Jugendtreff
Einsatz fürs Leben, Band 3

Das Rettungsteam wird an den alten Jugendtreff bestellt. Dort hängt das Leben eines Betrunkenen an einem seidenen Faden. Ein Einsatz unter vielen, aber Jana ist tief berührt. Und dann ist da noch der Streit mit ihren Eltern und die wachsende Liebe zwischen ihr und Pascal.

176 Seiten, DM 16,95 / öS 124,-

uns in Ruhe gelassen. Bin ich etwa dein Spitzel, oder was?"

Judith legt Lodda den Arm um die Schulter. Sie lächelt hilflos.

„Tut mir Leid. War nicht so gemeint."

„Oh, Mann." Lodda verdreht die Augen. „Wenn man hier auch nicht mehr herkommen kann, dann ist ja alles vorbei. Wieso bist du immer hinter der *Speed Queen* her? Was hast du mit der?"

„Ich weiß es nicht. Sie interessiert mich einfach. Ich denke, ich könnte ihr helfen."

„Die will sich nicht helfen lassen."

„Das ist es ja gerade. Die gerät immer tiefer in die Scheiße, wenn sie so weitermacht. Was ist beim Griechen passiert?"

„Da hat jemand versucht sie anzumachen."

„Wie, anzumachen?"

„Na ja, die haben sie festgehalten. Die waren breit, weißt du, die wussten nicht, was sie machen. Haben sie am Stuhl festgebunden."

Judith wird blass. „Und dann?"

„Weiß ich nicht." Lodda windet sich. „Ich war nicht da. Ich hab's bloß von den anderen gehört, als ich gekommen bin. Der Grieche war auch nicht da. Es waren zwei neue, die da geschlafen haben. Völlig breit und Alina, die rannte halb nackt herum. Und da haben die das wahrscheinlich als Aufforderung betrachtet."

„Sie haben sie vergewaltigt?"

Lodda schüttelt den Kopf. „Dazu ist es nicht gekom

men, glaub ich. Die haben ihr bloß die Zigaretten auf dem Busen ausgedrückt. Die dachten wohl, das macht ihr Spaß."

Judiths Gesicht ist ganz weiß geworden. „Ich hol sofort einen Beschluss. Die sollen die Bude beim Griechen ausheben. Ich wollte das schon lange machen. Ich hab immer schon den Verdacht gehabt, dass der Dreck am Stecken hat. Der nimmt Typen wie euch doch nicht aus Nächstenliebe auf ..."

„Vergiss es", sagt Lodda, „den kriegst du nicht. Als der Grieche nach Hause kam und hörte, was los war, hat er die beiden sofort rausgeschmissen. Aber hochkant. Der will sauber bleiben."

„Und Alina? Was ist mit ihr?"

Lodda ist gereizt. „Ich sag's nicht. Vielleicht sagt's dir jemand anders." Er wendet sich ab.

Judith hält ihn fest. „Lodda, wenn es etwas gibt, was ich wissen sollte ..., du weißt, dass ich nicht zum Spaß hier bin. Ich bin Streetworkerin. Es ist mein Job euch zu helfen, wenn ihr Probleme habt. Es ist mein Job euch vor Gefahren zu beschützen ... Ich will diesem Mädchen helfen. Wieso kapierst du das nicht?"

Lodda schaut Judith an. Sie kennen sich seit zwei Jahren.

So lange wie Lodda an der Nadel hängt, genau so lange arbeitet Judith in Berlin-Mitte als Streetworkerin. Vorher war ihr Revier am Bahnhof Zoo und dann an der Gedächtniskirche. Aber jetzt verlagert sich die Szene immer mehr nach Berlin-Mitte. Deshalb wurde dort auch das *DroB In* eröffnet. Es war vom ersten Tag an so voll, als hätten die Kids nur darauf gewartet.

„Sie hat die Sachen der beiden mit Spiritus übergossen und angezündet", sagt er, „in der Bude. Das brannte im Nu lichterloh. Die Sonja hat es Gott sei Dank rechtzeitig gemerkt. Mit dem Feuerlöscher aus dem Treppenhaus haben sie den Brand gelöscht. Aber das war knapp, sag ich dir, verdammt knapp. Der Grieche war natürlich stinksauer. Da kann sie sich nicht mehr blicken lassen."

Judith seufzt. „Also auch noch Brandstiftung", sagt sie. „Die Liste wird ja immer länger. Wenn das rauskommt vor Gericht ..."

„Muss es ja nicht", sagt Lodda. „Kommt ja nur raus, wenn du eine Anzeige machst."

„Oder der Grieche."

„Der nicht", sagt Lodda. „Der will keine Schwierigkeiten. Außerdem wissen wir ja, warum sie es getan hat."

Die Tür geht auf, und ein junger Sozialarbeiter in Lederjacke und Cordhose kommt herein. Als er Judith entdeckt, winkt er ihr zu. Judith winkt zurück.

„Okay", sagt sie, „wir reden ein anderes Mal weiter. Ich muss jetzt los. Wir machen zu zweit die Tour. Kemmerstraße und Fürstenplatz."

„Da ist es hart", sagt Lodda. „Ich frage mich sowieso, wie du da immer mit heiler Haut wieder rauskommst."

„Ich mich auch." Judith legt ihm noch einmal den Arm auf die Schulter. „Also, ich drück dir die Daumen."

„Wofür?"

„Na, für deinen Therapieplatz. Sieht doch so aus, als wenn es endlich klappen könnte."

Lodda hebt gleichgültig die Achseln. „Ich hab mir abgewöhnt auf irgendwas zu hoffen."

„Wann warst du zuletzt beim Arzt?"

„Ich geh nächste Woche."

„Wieso nicht diese Woche?"

„Weil ich für nächste Woche einen Termin hab."

„Echt? Du belügst mich nicht?"

Lodda lächelt. „Warum sollte ich dich belügen?"

„Ich mach mir Sorgen um dich, Lodda."

Lodda nickt. „Das weiß ich. Deshalb mag ich dich ja. Dein Typ wartet." Er deutet auf den Streetworker, der immer noch an der Tür steht.

Als Judith gerade losgehen will, hält er sie noch einmal fest. Judith spürt, wie eiskalt seine Finger sind. Als wäre gar kein Leben in ihnen. Wie eine Totenhand. Sie erschrickt, aber bevor sie etwas sagen kann, flüstert Lodda ihr zu: „Sie wohnt jetzt in der Rentzestraße. In dem blauen Haus."

Judith lächelt ihm dankbar zu. „Danke, Lodda."

Doch der wendet sich nur ab. Er ruft einem Kumpel etwas zu, der sich gerade eine Zigarette dreht. Er hat Judith schon vergessen.

9

Alina steigt am Alexanderplatz in die S-Bahn Richtung Bahnhof Zoo.

Als sie sich neben eine Frau in einem hellen Kostüm setzt, wirft diese ihr einen angewiderten Blick zu. Alina tut, als bemerke sie es nicht. Sie hält die Campingtasche auf den Knien. Die Tasche ist feucht, und weil sie oft irgendwo auf dem Boden gelegen hat, nicht besonders sauber. Alina nimmt eine BZ aus dem Gepäckfach und wischt damit den Taschenboden ab. Die schmutzige, zerknüllte Zeitung lässt sie fallen. Wieder schaut die Frau von ihrer Lektüre auf. Alina lächelt.

„Sie haben nicht zufällig 'ne Mark für mich?", fragt sie, als die Frau eine Weile still weiterliest.

Die Frau schlägt ihr Buch zu, steht auf. „Nein", sagt sie.

Alina holt tief Luft. „Ist okay."

„Kann man nicht mal in der S-Bahn vor euch Ruhe haben?", ruft die Frau laut. Andere Fahrgäste drehen sich um. „Man wird ja überall belästigt, das ist widerlich!", ruft sie.

Alina legt die Tasche auf den Nebensitz und steht auf. Sie legt der Frau die Hand auf die Schulter und sagt sanft. „Hey, es war bloß eine Frage, okay? Ich habe Sie nicht belästigt."

„Fass mich nicht an!“, kreischt die Frau. „Mit deinen dreckigen Fingern.“

Alina spürt, dass sie die Geduld verliert. Ihre Nerven sind ohnehin nicht besser geworden in der letzten Zeit. Sie hat sich neben die Frau gesetzt, weil sie irgendwie einen guten Eindruck machte. Ein nettes Gesicht hatte. Wenn sie geahnt hätte, was das für eine Tussi ist …

„Meine Hände sind sauber. Ich hab sie gerade gewaschen. Hier.“ Sie hält der Frau ihre Handflächen vors Gesicht. Die Frau weicht erschrocken zurück, als wolle Alina sie angreifen. „Hilfe!“, schreit sie.

Alina verspürt einen unheimlichen Drang tatsächlich zuzuschlagen. Das passiert ihr jetzt oft, dass sie irgendwo Leute trifft, denen man ansieht, dass sie eine Wohnung mit Zentralheizung haben, einen geregelten Job und genug Geld in der Tasche und sie denen einfach ins Gesicht schlagen möchte.

Das erschreckt sie selbst.

Sie versteht das nicht. Früher war das nicht so.

Ihre Schläfen pochen, und ihr ist ganz heiß. Vielleicht hat sie wieder Fieber. In den letzten Wochen hat sie zweimal ganz hohes Fieber gehabt. Das wusste sie auch, ohne Fieber zu messen. Dann ging es ihr wieder etwas besser. Aber seit der Sache beim Griechen geht es wieder bergab mit ihr.

Ein Mann in einem grellen Freizeitanzug schiebt sich durch die gaffenden Leute und bleibt vor Alina stehen. Er hat kurz geschorene Haare und einen Schnurrbart.

„Besser, du machst hier keine Randale“, sagt er. Seine

Stimme klingt, als gäbe er den ganzen Tag Befehle. Er schaut sie aus eiskalten Augen an.

„Ich hab nichts gemacht", sagt Alina. Sie hat keine Fahrkarte. Jeden Augenblick kann irgendeiner dieser Idioten auf die Idee kommen, sie beim Schaffner anzuzeigen. Deshalb versucht sie, so sanft und freundlich wie möglich zu sein.

„Ich hab bloß gefragt, ob ich Feuer haben kann." Sie zieht schnell eine zerdrückte Zigarette aus ihrer Hosentasche.

„Hier ist Rauchverbot, das weißt du genau", knurrt der Mann.

„Stimmt ja gar nicht!", kreischt die Frau in dem hellen Kostüm. „Sie wollte mein Geld! Sie wollte mich bestehlen! Ich hab doch genau gesehen, wie sie immer auf meine Tasche gestarrt hat."

„Okay Leute, ich steig aus, ja? Bevor das hier noch schlimmer wird."

Der Zug fährt langsam in die nächste Station ein. Die Passagiere drängen sich an den Ausgang.

„Jetzt will sie flüchten!", schreit die Frau.

Der Mann zögert. Die Bahn hält. Alina versucht sich vorzudrängen. Der Mann versucht Alina festzuhalten, doch sie kann ihm entwischen. Sie knallt einem Fahrgast einfach ihre Campingtasche in den Rücken, und der weicht automatisch aus. Dann läuft sie.

Sie läuft den Bahnsteig entlang, die Treppen hinunter, vorbei an zwei Pennern, die auf dem Treppenabsatz Picknick machen, und an einer jungen Frau, die ihrem kleinen Jungen die Hosen heruntergezogen hat und ihn einfach in die Ecke pinkeln lässt.

Sie läuft, bis sie aus dem Bahnhofsbereich heraus ist und wieder frische Luft atmet. Dann bleibt sie stehen.

Ihr Herz schlägt bis zum Hals, sie muss husten. In der letzten Zeit bekommt sie oft diese Hustenanfälle und dann ist es ein Schmerz, als würde ihr Brustkorb platzen.

Sie lässt die Campingtasche fallen und lehnt sich an einen Baum. Sie schließt die Augen, wartet, bis der Schmerz nachlässt.

Sie hört den Straßenlärm, das Bimmeln eines Eismannes, das schrille Geschrei einer ganzen Schulklasse, aber sie hält die Augen geschlossen.

Sie hat plötzlich das Gefühl, dass sie weinen muss. Ein merkwürdiges Gefühl.

Seit Wochen hat sie keine Tränen vergossen, seit Woche ist sie aufgewacht, aufgestanden, herumgegangen, hat gegessen, getrunken, mit Leuten geredet, sich schlafen gelegt, und ihre Augen waren immer trocken. Wie leer hat sie sich gefühlt.

Und auf einmal muss sie weinen. Sie versteht das nicht.

Sie dreht sich um, lehnt die Stirn gegen die kühle Baumrinde und schlägt mit den Fäusten auf den Baumstamm ein.

Die Leute gehen an ihr vorbei, ohne sie zu beachten. Nur ein Hund bleibt stehen, schnuppert, wird aber von einem Frauchen weitergezogen.

Alina hat die Campingtasche zwischen ihre Beine

gestellt. Inzwischen weiß sie, was das Leben auf der Straße bedeutet: Nichts ist sicher. Jeden Augenblick kannst du immer wieder alles verlieren.

Von dem Geld, das sie dem Lastwagenfahrer abgenommen hat, konnte sie sich einen neuen Schlafsack, Klamotten und einen Kassettenrecorder kaufen. Alles auf einen Schlag.

Genau dort, wo sie das Klappmesser, die Wolldecke und den Tauchsieder gebraucht gekauft hat. Bei einem Typen, der Diebesgut verhökert. Jemand am Prenzlauer Berg hat ihr die Adresse genannt. Rinaldo wohnt in einer ehemaligen Fahrradwerkstatt im dritten Hinterhof, und die Räume sind bis obenhin mit heißer Ware voll gestellt. Für die ganzen Sachen hat sie hundert Mark bezahlt. Rinaldo konnte ihr auch eine Adresse sagen, wo man Kreditkarten verscheuert. Und Personalausweise. Es gibt ja für alles einen Schwarzmarkt. Der Personalausweis des Lastwagenfahrers hat fünfzig Mark gebracht.

Alina hatte sich mehr erhofft, aber die Frau, die ihr die Papiere abkaufen wollte, war eiskalt. Sie hat sofort gemerkt, dass Alina das Zeug loswerden wollte.

Es war zu gefährlich, länger damit herumzulaufen, das hat Rinaldo ihr auch gesagt.

„Wenn sie dich mit den Papieren finden, bist du sofort dran. Bestimmt hat der Fahrer den Verlust gemeldet. Die Bullen lauern hier überall und versuchen Leute von uns hochgehen zu lassen."

„Und wieso haben sie dich noch nicht hochgehen lassen?", hat Alina gefragt.

Rinaldo hat grinsend geantwortet: „Ich hab gute Connections. Mir passiert nichts.“

So weit möchte Alina auch irgendwann mal kommen, dass sie gute Connections hat und sich sicher fühlt. Dass sie weiß, ihr passiert nichts.

Doch so weit ist sie noch lange nicht.

Auch wenn das Leben auf der Straße sie täglich härter macht. Aber so hart, wie man sein muss, um klarzukommen, so hart wird sie vielleicht nie. Das hat sie gemerkt, als die Typen die Zigarette auf ihrer Haut ausgedrückt haben. Und vorhin, im *DroB In*, als sie diese Streetworkerin neben Lodda gesehen hat. Sie hätte gerne mit Lodda geredet. Sie mag ihn, weil er so eine Traurigkeit verströmt und irgendwie lieb ist. Lodda hat mehrfach versucht, ihr Speed zu verkaufen. Damals, als sie noch das T-Shirt trug. Das hat sie irgendwann in einen Abfalleimer an der Gedächtniskirche fallen lassen. Jetzt ist Frühsommer, und wenn die Sonne scheint, zieht sie ihren Kapuzenpulli aus und trägt nur die transparenten Tops, die gerade modern sind. Im *Wertkauf* liegen die in dicken Stapeln herum, gleich beim Eingang. Früher hatten die noch Drehtüren, hat jemand an der Gedächtniskirche gesagt, da kam man schlecht raus. Heute ist alles mit Klimaschranken gesperrt. Im Winter ist es drinnen heiß und draußen kalt, und das, obwohl es keine Türen gibt. Im Sommer ist es drinnen angenehm kühl, wenn es draußen schwül und heiß ist. Alina trödelt gern im *Wertkauf* herum. Aber auch bei *Aldi*. Eigentlich überall. Aber ihre Tops holt sie sich nur bei *Wertkauf*. Sie hat inzwischen ein halbes Dutzend. Wenn man sie regulär kauft, kosten sie über dreißig Mark. Alina findet, dass die Tops klasse aussehen zu ihrer neuen Frisur. Die Glatze ist geil, das sagen alle, und das Gänseblümchentattoo macht den Look richtig gut. Für das Tattoo hat sie einen Haufen Geld bezahlt. Aber sie findet, es hat sich gelohnt. „Man gönnt sich ja sonst nichts", hat sie zu dem Menschen gesagt, der ihr das Tattoo gemacht hat. Der war nett. Es hat Kakao und Butterkuchen gegeben, und irgendwie hat Alina an zu Hause denken müssen, an die Zeit, als ihre Mutter noch manchmal Kuchen gebacken hat und alles nach aufgegangener Hefe roch, die ganze Wohnung. Das muss gewesen sein, bevor das große Chaos in ihr Leben kam. Bevor ihre Mutter ihren Vater kennen lernte. Damals ging Alina noch nicht mal zur Schule, aber an den Hefeteig unter dem Küchentuch erinnert sie sich, als wär's gestern gewesen. Immer, wenn sie in so weichen, fluffigen Butterkuchen beißt, sieht sie diese braune Schüssel mit dem rotweiß karierten Küchentuch auf dem Tisch stehen. Und dann sieht sie sich, wie sie auf den Stuhl klettert, das Tuch hochnimmt und von dem Hefeteig ein Stück abbeißt.

Später, als ihr Vater zu ihnen zog, gab es keinen Kuchen mehr. Da wurde nicht mehr gekocht oder gebacken, sondern nur noch Fertiggerichte aus der Tiefkühl-Abteilung gekauft.

Aber das war auch egal. Da schmeckte Alina sowieso gar nichts mehr …

„Alina?"

Alina presst die Lider zusammen, schmiegt ihre Wangen an den Baumstamm, klammert sich an den Baum. Sie spürt eine Hand auf dem Rücken, eine warme Hand, sie kennt diese Frauenstimme, sie ahnt, wer es ist. Scheiße, denkt Alina, wo kommt die plötzlich her ...

„Alina, ist etwas nicht in Ordnung?"

„Doch", murmelt Alina, „danke, alles prima."

„Das sieht aber nicht so aus."

Alina spürt zwei Hände auf den Schultern, und dann wird sie herumgedreht. Aber sie öffnet ihre Lider nicht. So eine Scheiße, denkt Alina verzweifelt, ausgerechnet jetzt.

Judith schaut sie an. Sieht das nasse Gesicht, die geschwollenen Augen, die zitternden Lippen. Sie wartet. Alina zieht eine Grimasse, weigert sich aber Judith anzuschauen.

Die Streetworkerin gräbt in ihrer Umhängetasche nach Papiertaschentüchern. Sie drückt Alina die Packung in die Hand.

„Hier", sagt sie, „nimm."

Alina fummelt mit geschlossenen Augen ein Taschentuch heraus, reibt sich damit über die Augen, die Wangen, die Lippen.

Judith schaut ruhig zu.

„Danke", flüstert Alina. Sie bückt sich, greift nach der Tasche, öffnet vorsichtig die Augen. „Ich hab mir irgendwo einen blöden Schnupfen eingefangen. Mir tränen immer die Augen, wenn ich so niesen muss."

„Klar", sagt Judith.

Die glaubt mir sowieso nicht, denkt Alina.

Sie nimmt die Tasche und geht los. Judith geht schweigend neben ihr her. Alina beschleunigt, Judith wird ebenfalls schneller.

„Ist noch was?“, fragt Alina.

„Das möchte ich ja gerade von dir wissen.“

„Bei mir ist alles klar“, sagt Alina.

„Warum weichst du mir immer aus? Weißt du nicht, dass ich da bin, um Leuten wie dir zu helfen?“

„Ich hab so was läuten hören.“

„Ja und? Warum läufst du immer weg, wenn du mich siehst?“

„Das kommt Ihnen bloß so vor. Ich lauf nicht weg. Ich hab wahrscheinlich bloß immer gerade was vor.“

„Ich heiße Judith. Die duzen mich alle.“

„Ich duze aber keine Erwachsenen.“

Judith seufzt. Es ist so schwer mit Alina, schwerer als mit den anderen.

„Ich hab gehört“, beginnt sie von neuem, „du wohnst nicht mehr beim Griechen.“

Alina wirft ihr einen misstrauischen Blick zu. „Wer hat das gesagt?“

„Das spielt keine Rolle. Was war denn da los?“

„Nichts“, knurrt Alina.

„Wirklich nichts?“ Judith bleibt stehen. Sie will Alina zwingen sie anzusehen, aber das Mädchen geht einfach weiter.

„Hey! Ich hab dich was gefragt.“

Alina bleibt seufzend stehen. Sie schaut Judith an.

Zum ersten Mal blickt sie ihr ins Gesicht und denkt, irgendwie sieht sie ganz nett aus. Judith hat in der Szene einen guten Ruf.

Alle sagen, die verpfeift keinen. Judith hilft, manchmal sogar mit ihrem eigenen Geld, wenn jemand ganz schlecht dran ist.

Sie hat ein Mädchen, die unsauberen Stoff gespritzt hat, mit ihrem eigenen Auto in die Klinik gefahren und an ihrem Bett gesessen, bis sie wieder sprechen konnte. Damit man sie nicht einfach abschiebt wie Müll.

Aber Alina hat auch gehört, dass Judith die Kids manchmal zu ihren Eltern zurückschickt, Fahrkarten kauft, sich neben sie setzt und dann zu Hause klingelt. Obwohl das nicht in ihren Zuständigkeitsbereich fällt. Das macht sie dann an ihren freien Tagen. Und wenn sie eins der Kids bei den Eltern abgeliefert hat und die Eltern das Kind mit Rührseligkeit umarmen, dann fühlt sie sich anscheinend richtig gut. Wie eine Art Mutter Theresa. Alina kriegt schon Pickel, wenn sie sich vorstellt, dass Judith sie vielleicht nach Hause bringen will. Alles, nur das nicht.

„Wann warst du eigentlich zuletzt in der Schule?“, fragt Judith.

Auf die Frage ist Alina nicht vorbereitet. Schule! Was soll sie mit Schule? Sie hat das Leben auf der Straße gelernt, in den letzten Wochen und Monaten hat sie mehr gelernt, als jemals auf irgendeiner Schule.

„Keine Ahnung“, sagt Alina.

„Hat dir das überhaupt keinen Spaß gemacht?“

„Ich glaube, man geht nicht auf die Schule, weil es Spaß macht.“

„So?“, fragt Judith. „Warum denn?“

Das ist eine Falle, denkt Alina. Schnell sagt sie: „Keine Ahnung. Ich muss mal pinkeln.“ Sie hat aus den Augenwinkeln auf der anderen Straßenseite ein Toilettenhäuschen entdeckt. Ohne auf den Verkehr zu achten, überquert sie die Straße. Bremsen quietschen, aber das stört Alina nicht. Sie tippt sich an die Stirn, als ein Autofahrer hupt. Einem anderen streckt sie die Zunge raus. Als ein Fahrer nicht bremsen will, donnert sie ihm ihre Campingtasche auf den Kühler. Der Mann streckt den Kopf aus dem Wagenfenster und brüllt.

Alina zeigt ihm den Mittelfinger.

Als sie endlich die fünfspurige Straße überquert hat, schaut sie sich verstohlen um. Judith steht auf der anderen Straßenseite. Sie tut nichts, sie schaut nur.

Alina schultert ihre Tasche und schlendert an dem Toilettenhäuschen vorbei.

10

An der Gedächtniskirche sammelt sich das gleiche Völkchen wie jeden Tag. Während des Regens waren alle irgendwo untergetaucht, in den Tunneln und unter den Brücken im Bahnhof und in U-Bahn-Schächten. Jetzt kommen sie wieder heraus. Vor dem Imbiss werden die

Tische abgewischt, und auf den Steinbänken sitzen Kids und schnallen sich ihre Inline-Skates an.

Neben dem Ausstellungsraum für die Gedächtniskirche stehen die Dealer. Die meisten sind Albaner und Afghanen. Alina kennt sie alle. Sie stehen jeden Tag hier. Am Anfang haben sie noch gedacht, dass sie Alina ihren Stoff andrehen können. Aber jetzt lassen sie sie in Ruhe. Sie verschwenden ihre Zeit nicht mit Leuten, bei denen sie keine Kohle machen können.

Alina schleudert ihren Campingsack auf eine Steinbank und setzt sich daneben. Sie holt die zerknüllte Zigarette aus der Jackentasche, schüttelt die Tabakkrümel heraus und tastet die vielen Taschen ihrer Hose nach einem Streichholzmäppchen ab. Sie muss vier Streichhölzer anreißen, bis eines sich entzündet. Sie sind im letzten Regen nass geworden, meistens ist irgendetwas von ihren Sachen nass. Wenn man auf der Straße lebt, bleibt das gar nicht aus. Aber auch daran gewöhnt man sich. Jetzt, wo sie die Glatze hat, ist es viel besser. Am Anfang ist sie immer mit nassen Haaren herumgelaufen. Wahrscheinlich hat sie sich davon erkältet, ein nasser Kopf, dann der kalte Wind und nichts, um sich unterzustellen. Jetzt weiß Alina, dass man sich nie zu weit von einem Unterstand entfernen darf.

Sie kennt Leute, die schlafen auch nachts auf der Straße. Das würde sie nicht bringen. Sie braucht ein Dach über dem Kopf. Egal, wie es aussieht. Das hat sie inzwischen kapiert. Beim Griechen hat sie pro Nacht zehn Markt gezahlt. Das ist ziemlich ins Geld gegangen.

Jetzt hat sie nur noch etwas über vierzig Mark bei sich und muss langsam daran denken, wieder an Kohle zu kommen. Sie überlegt, es in der Gedächtniskirche zu versuchen. So viele Touristen, Amis, Franzosen, Italiener, alles durcheinander. Manche sind so unvorsichtig, dass sie ihre Börse in der Gesäßtasche tragen. Die leuchtet geradezu. Wenn man es geschickt anstellt, im Gedränge, hat man das Teil an der Hand, bevor der Besitzer irgendwas gemerkt hat.

Oder Uhren. Alina weiß inzwischen, wie man den Leuten unbemerkt eine Armbanduhr abnehmen kann.

Sie nimmt einen tiefen Zug aus der Zigarette, klopft den Campingsack zurecht und lehnt ihren Kopf dagegen. Mit halb geschlossenen Augen beobachtet sie das Treiben auf dem Platz vor der Gedächtniskirche. Die Männer, mittelalterliche Männer, die alle ein bisschen so aussehen wie ihr Vater, schlendern herum, als hätten sie nichts zu tun, als wär das ihr freier Tag und sie würden sich für Touristenattraktionen interessieren. Wie zum Beispiel die Gedächtniskirche. Dabei interessieren sie sich nur für die Strichjungen, die mit ihren knallengen Hosen und fettglänzenden Lippen herumstehen. Oder für die Mädchen. Die Männer parken ihre Autos irgendwo in der Nähe und wenn man sie lange genug beobachtet, kann man sehen, wie sie irgendwann abhauen, entweder mit einem Jungen oder einem Mädchen an der Seite.

Viele von denen sind noch Kids. Viel zu jung für sowas. Wie zum Beispiel Lodda. Lodda ist achtzehn, sieht aber aus wie dreißig. Lodda hat schon Sachen erlebt, von denen er sagt: „Das kann ich dir nicht erzählen, Alina, dann verlierst du den Glauben an die Welt."

„Den hab ich schon verloren", sagt Alina.

Dann schaut Lodda sie an, lächelt und schüttelt den Kopf.

„Stimmt doch gar nicht."

„Und woher willst du das ausgerechnet wissen, ob ich den Glauben an die Welt verloren habe, oder nicht?"

„Ich weiß so was eben", sagt Lodda.

Dafür mag Alina ihn. Mit Lodda geht sie manchmal einen trinken. Lodda lädt sie immer ein. Alina trinkt gerne Weißbier. Ihr absolutes Lieblingsgetränk. Sie kann gar nicht zählen, wie oft Lodda ihr schon ein Weißbier spendiert hat. Am Kiosk gibt es Weißbier nicht, weil die dafür nicht die richtigen großen Gläser haben. Weißbier mit Schuss gibt es aber in all den Kneipen um den Hardenbergplatz. Der Schuss ist Himbeersaft. Alina findet Himbeersaft im Weißbier eklig. Sie nimmt es immer pur.

Alina schaut sich nach Lodda um. Aber sie sieht nur ein Mädchen mit wasserstoffblonden Stoppeln und einem Lippenpiercing. Irgendjemand hat Alina gesagt, wie das Mädchen heißt, aber sie hat es vergessen. Das Mädchen redet mit zwei Männern, die wie Türken aussehen. Die Männer machen sich irgendwie lustig über sie. Das Mädchen zeigt ihnen den Mittelfinger und dreht sich um. Da packt einer der Männer ihr Handgelenk. Er wird grob.

Alina zieht an ihrer Zigarette und schaut zu. In so was

würde sie sich nie einmischen. Das hat sie auch gelernt. Das geht sie nichts an. Sie weiß ja nicht, was da gerade verhandelt wird. Immerzu wird irgendwas verhandelt.

Zwischen den Dealern, Junkies und Pennern kurven die Inline-Skater herum. Sie tragen die Baseballkappen falsch herum, haben XXL-Hosen an, Sturzhelme und Ärmel- und Knieschoner. Ihre Eltern haben ein Vermögen für die Ausstattung bezahlt. Sie sind in Sicherheit. Kids, die brav zur Schule gehen und hier ein kleines Abenteuer suchen. Wenn jemand Alina solche Inline-Skates anböte, würde sie ablehnen.

„Was soll ich damit?“, würde sie sagen.

Und der Verkäufer würde wahrscheinlich antworten:

„Weißt du nicht, dass so was Mega-Spaß macht?“

Spaß. Als wenn es darum ginge.

Aber worum geht es dann?

Alina lässt den Glimmstängel auf den Boden fallen. Sie nimmt ein Bein von der Bank und drückt die Kippe mit der Schuhsohle aus.

Als sie sich wieder gemütlich hinlegen will, sieht sie die Reisegruppe.

Alles Amis, das könnte sie wetten. Von der Sorte, wie man sie manchmal in den Filmen sieht: Dicke Fleischberge, Menschen, die sich nur von Fast Food ernähren, mit freundlichen Gesichtern, pastellfarbener Freizeitkleidung und weißen Turnschuhen. Manche haben so dicke Beine, dass die Oberschenkel beim Gehen aneinander reiben. Die Fremdenführerin ist klein und zart, hält einen rotweiß gestreiften Regenschirm hoch und ruft mit angelernter Fröhlichkeit irgendetwas, das Alina nicht versteht. Aber die Amis lachen. Dann formieren sie sich zu einer Reihe und gehen wie eine Gänseschar hinter ihrer Führerin her.

Alina sieht, wie die Gruppe im Ausstellungsraum verschwindet. Sie nimmt die Campingtasche und trägt sie rüber zu einer Bank, auf der ein paar Skater sitzen. Elf- oder zwölfjährige Jungen, die außer Atem sind und eine Verschnaufpause einlegen.

„Hey“, sagt sie, „kann ich die Tasche einen Augenblick bei euch lassen?“

Einer der Jungen schaut sie an. Er hat ein nettes, argloses Gesicht. „Was ist bei dir ein Augenblick?“

„Zehn Minuten, höchstens.“

„Okay, aber danach übernehmen wir keine Garantie.“

„Okay“, sagt Alina.

„Was ist denn da drin?“, ruft einer ihr nach. „Lohnt sich das?“

„Bloß dreckige Klamotten, die ich in den Waschsalon bringen will“, sagt Alina.

Die Jungen geben sich zufrieden. Sie verstauen den Campingsack unter ihrer Bank, lehnen sich zurück, und schauen ihren Kumpeln zu, die gerade Springen üben.

Alina überquert den Platz und schlüpft mit der Nachhut der amerikanischen Reisegruppe in den Ausstellungsraum.

Alina weiß noch immer nicht genau, wie es passiert ist. Sie sitzt auf dem Polizeirevier am Hauptbahnhof, in einem kleinen, fensterlosen Raum, und wartet darauf, dass sie zum Verhör geholt wird. Eine Polizistin lehnt an der Wand, feilt ihre Nägel und summt dabei einen Schlager.

Vor einer Stunde war alles noch so klar. Da hat sie ihre Campingtasche bei den Skatern abgestellt. Bloß mal gucken, was das so für Leute sind, die amerikanischen Touristen. Mal sehen, ob da was zu holen ist.

Und es war so leicht. Die Frau mit der roten Bermuda hatte ihre Umhängetasche nicht geschlossen. Alles guckte raus. Der Pass, das Flugticket, der Stadtplan. Bestimmt war da auch irgendwo die Brieftasche. Alina hat sich unauffällig in der Nähe der Frau gehalten. Sie musste herausbekommen, ob die Frau alleine reiste oder mit ihrem Mann. Offenbar gab es keinen Mann. Die Frau redete mit niemandem, aber sie schaute sich ganz fasziniert die Fotos von der zerstörten Kirche an. Kriegsflugzeuge über Berlin. Bomben, die vom Himmel fallen. Trümmer. Flüchtende Menschen. Sie ging von einem Bild zum anderen, beugte sich vor, nahm die Brille ab und betrachtete die Bilder, lange und intensiv.

Alina stand hinter ihr. Sie tat, als würde sie stolpern, fiel gegen die Frau, ihre Hand glitt in die Tasche, fühlte eine Brieftasche, zog die Hand schnell raus, versteckte die Brieftasche im Hosenbund, wendete sich ab. Die Frau hatte nichts gemerkt.

Alina schlenderte weiter. Ihr Herz schlug, aber sie durfte jetzt nicht den Verdacht auf sich lenken. Sie betrachtete die Bilder, blieb vor der Glasvitrine in der Mitte stehen. Das Modell der Gedächtniskirche vor der Zerstörung. Sie hatte es schon oft gesehen. Es hatte sie nie interessiert. Plötzlich spürte sie, wie jemand mit einem eisenharten Griff ihr Handgelenk umfasste. Sie drehte sich um. Sie hatte den jungen Mann noch nie gesehen. Sie wusste nicht, was er von ihr wollte. Er lächelte, aber seine Augen waren feindselig.

„Dann zeig doch mal her“, sagte er.

Alina wurde blass. Sie versuchte sich zu befreien. „Was denn? Lass mich los.“

„Zeig her.“

„Was denn? Was denn? Hör doch auf!“

„Was du geklaut hast.“

„Ich hab nichts geklaut.“

„Natürlich hast du. Unter dem Pulli hast du es versteckt.“

Er versuchte ihr Kapuzen-Sweatshirt hochzuheben. In dem Augenblick als er den Zipfel der Brieftasche aus dem Hosenbund herausragen sah, zog Alina das Messer und ließ es aufschnappen. Ohne sich einen Augenblick zu besinnen, stieß sie dem Mann das Messer in die Hand. Der schrie auf. Blut spritzte.

Auf einmal kreischte alles in Panik. Ein Kreis entstand um den Mann, der fassungslos seine blutende Hand betrachtete.

Alina wich zurück.

Sie hoffte immer noch, dass sie da heil herauskommen konnte. Sie versuchte sich klein zu machen, unsichtbar.

Aber der Mann brüllte: „Die mit der Glatze! Das ist sie! Haltet sie fest!“

Alina duckte sich, versuchte unter dem Arm eines Amerikaners, der sie aufhalten wollte durchzulaufen. Aber er schlug ihr seine Faust in den Magen, und sie fiel hin. Fiel einfach hin. Für einen Augenblick verlor sie das Bewusstsein. Als sie wieder zu sich kam, lag sie auf dem Bauch, und jemand drückte ihren Kopf auf den kalten Beton. Ein anderer hielt ihre Hände auf dem Rücken wie in einem Schraubstock. Jemand sagte: „Die Polizei kommt gleich. Gib es auf, Kleine. Du hast keine Chance."

Alina wehrte sich nicht. Sie lag da, roch den Schmutz auf dem Boden, den Beton, die Kälte, sah aus der Perspektive Schuhe und Hosenbeine, Frauenfüße mit lackierten Zehennägeln in Sandalen, alle in gehörigem Abstand.

Plötzlich ertönte die Sirene eines Streifenwagens. Im nächsten Moment waren zwei Polizisten im Raum, rissen sie hoch und stießen sie vor sich her.

Eine Minute später saß sie zwischen den beiden im Auto und fuhr mit heulender Sirene quer über den Platz der Gedächtniskirche, auf dem sie vorher noch nie ein Auto gesehen hatte.

Die Skater machten Platz und blickten ihr ehrfürchtig nach.

Die Tür fliegt auf. Ein Polizist gibt ihnen ein Zeichen. Die Polizistin steckt die Nagelfeile weg. „Sind wir dran?"

Der Polizist nickt.

„Also los, dann komm." Die Polizistin nickt Alina zu.

Alina erhebt sich von dem Klappstuhl. Ihr Bein ist eingeschlafen. Außerdem hat sie einen leeren Magen. Sie denkt daran, dass ihr Campingsack mal wieder verloren ist. In dem Sack waren drei Bodys, eine Wolldecke, und Wäsche. Sie wollte das alles in den Waschsalon bringen, weil es dreckig war und stank. Die Schränke in der Wohnung des Griechen haben alle gestunken. Das war etwas, das Alina von Anfang an unangenehm war. Sie hätte viel früher gehen und sich nach einer anderen Bleibe umsehen sollen. Da, wo sie jetzt ist, ist es viel besser. Und sie muss nicht einmal was zahlen. Ein besetztes Haus. Sogar mit Wasser, aber ohne Strom.

Petroleumlampen sind gemütlich. Und alle haben Kerzenstummel auf Blechtellern neben dem Bett.

Stimmt, sie wollte noch Kerzen besorgen. Und sie hat Francis versprochen, für sie eine amerikanische Straßenkarte zu besorgen. Aber möglichst so, dass sie nichts kostet. Francis ist krank. Sie sieht aus, als würde sie nie mehr nach Amerika kommen. Aber dann hat sie wenigstens etwas, von dem sie träumen kann …

Alina folgt den beiden Polizisten durch einen grell erleuchteten Gang. Rechts und links gehen Türen ab, man hört Stimmen, Schreibmaschinengeklapper, das Klingeln der Fax-Apparate, Telefone.

Schließlich stößt der Polizist, der als Erster geht, eine Tür auf und sagt: „Hier.“

Sie betreten das Büro. Ein Schreibtisch, ein Aktenschrank, ein Schreibtischsessel, auf der anderen Seite ein Besucherstuhl. Eine vertrocknete Grünpflanze. An der Schreibtischlampe baumelt ein Maskottchen. Eine Art Zwerg mit roter Zipfelmütze.

Hinter dem Schreibtisch sitzt eine Frau in Uniform. Sie schaut Alina an, dann ihre Kollegin.

„Ist sie okay?“, fragt sie.

Die Polizistin nickt. „Wir haben ihr das Messer abgenommen.“

„Drogen?“

Die Polizistin schüttelt den Kopf.

„Einstiche?“

Wieder schüttelt die Polizistin den Kopf.

„Danke“, sagt die Beamtin, „ist gut. Ich nehm jetzt erst mal das Protokoll auf.“

Alina ist mit der Frau allein. Sie mustert Alina schweigend.

Alina weicht ihrem Blick aus, betrachtet das Fenster. Eine Karte von Berlin hängt an der Wand, die zeigt, dass die Jugendkriminalität in den letzten zehn Jahren immer mehr angestiegen ist. Die blauen Säulen symbolisieren Kinder bis zu 12 Jahren, die roten Kinder zwischen 12 und 16 Jahren, die schwarzen Jugendliche zwischen 16 und 18 Jahren.

Am größten ist der Zuwachs bei den ganz jungen. Dann hab ich das Schlimmste ja schon hinter mir, denkt Alina trotzig.

„Kannst du mir sagen“, beginnt die Beamtin, „was du dir dabei gedacht hast?“

Alina hebt die Schultern. „Muss man sich bei allem, was man tut, was denken?“

„Du hast diesen Mann mit einem Messer bedroht. Du hast ihn verletzt. Das ist ein schwerer Tatbestand. Körperverletzung. Hat dir niemand erklärt, was das bedeutet?"

Alina schaut die Frau an. „Ich bin vierzehn."

„Ah", die Frau lacht grimmig, „davon versteht ihr was, oder? Das habt ihr alle sofort gelernt, Straffreiheit für Minderjährige. Aber vielleicht irrst du dich auch. Weißt du eigentlich, wer der Mann war, den du angegriffen hast?"

„Interessiert mich nicht", sagt Alina trotzig.

„Der ist Detektiv. Der war ganz zufällig da, weil er eigentlich jemand anderen beschatten wollte. Aber Leute wie er haben ein geübtes Auge. Er hat sofort gemerkt, dass du eine Diebin bist." Sie schaut auf ihr Protokoll. „In der Brieftasche war übrigens kein Geld."

Alina schaut zum ersten Mal neugierig auf.

„Was denn?", fragt sie. „Kreditkarten? Traveller Cheques?"

„Du glaubst doch wohl nicht, dass ich dir darauf antworte?"

Alina zuckt die Achseln.

Dann beugt sie sich vor, presst die Hände zwischen die Knie. Von jetzt an werde ich gar nichts mehr sagen, denkt sie. Kein einziges Wort. Und daran hält sie sich auch. Sie gibt weder ihren Namen noch ihre Adresse an. Sie schweigt eisern.

Irgendwann hat die Beamtin keine Lust mehr und schickt Alina in eine Zelle.

Als die Tür hinter ihr ins Schloss fällt und der Schlüssel umgedreht wird, begreift Alina.

Man sperrt sie ein! Man sperrt sie einfach weg!

Sie rennt zur Tür, ballert dagegen und brüllt: „He! Ich muss mal! Soll ich auf den Boden scheißen?"

Die Tür wird wieder aufgeschlossen. Die Polizistin steht da, klimpert mit dem Schlüsselbund und sagt: „Dann komm, ich zeig dir das Klo."

Alina geht neben der Beamtin. Sie späht fieberhaft nach einem Fluchtweg.

Aber die Beamtin hält sie mit eisernem Griff am Oberarm fest, schiebt sie vor sich her, stößt die Schwenktür zum Waschraum auf. Zwei lackierte Türen, unten ein offener Zwischenraum, oben auch. Man kann den Kopf und die Füße sehen.

Alina muss an einen Film denken, wo jemand sich versteckt hat, indem er sich auf die Klobrille hockt. Da sieht man dann weder die Füße noch den Kopf.

Die Polizistin öffnet die Tür. „Versuch es gar nicht erst", sagt sie, „hier kommst du nicht raus. Es gibt keine Türen, keinen Hohlraum, keine Fluchtmöglichkeit. Ich bleib hier stehen, bis du fertig bist."

„Aber das stinkt", sagt Alina.

Die Polizistin grinst. „Bei euch hab ich mich schon an einiges gewöhnt."

Alina ist zurück in der Zelle. Die Tür ist verschlossen. Sie geht auf und ab. Überlegt, was passieren wird. Sie hat nicht die geringste Ahnung. Wahrscheinlich nehmen sie ihre Fingerabdrücke und prüfen, ob sie sonst schon was verbrochen hat.

Sie wüsste gerne, wie sehr sie den Detektiv verletzt hat. Vielleicht sah es nur schlimm aus. Und war gar nichts. Vielleicht hat sie nur seine Haut ein bisschen geritzt. Die Frau hat ihre Brieftasche ja auch wieder gekriegt. Eigentlich war es also nicht so schlimm. Sie muss wieder an ihre Campingtasche denken. Immer geht alles verloren. Es ist, als könne sie die Sachen nicht bei sich behalten, als versuchten die Sachen, sich von ihr zu entfernen.

Alina hockt sich auf die Pritsche. Eine graue Decke liegt ordentlich gefaltet am Fußende. Alina legt sich hin, starrt gegen die weiß gekalkte Decke, die Arme hinter dem Kopf verschränkt.

Sie starrt so lange, bis ihre Augen wehtun.

Die Pritsche ist gemütlicher als irgendein Lager, auf dem sie in den letzten Wochen geschlafen hat. Richtig kuschelig, wenn man es genau nimmt. Die Geräusche von draußen dringen nur gedämpft in die Zelle. Manchmal hört man das harte Zuschlagen von Eisentüren, feste Schritte, mal auch ein Lachen. Offenbar haben die Polizisten immer etwas, worüber sie sich amüsieren.

Alina zieht die Schuhe aus, breitet die Wolldecke aus und rollt sich zusammen wie ein Baby. Sie schläft sofort ein.

11

Als sie aufwacht, sitzt Judith neben ihr.

Judith hockt auf einem Schemel, vorgebeugt, und fixiert sie. Alina erschrickt so sehr, dass sie sich senkrecht aufsetzt.

„Du redest im Schlaf", sagt Judith, „weißt du das?"

Alina will die Haare aus dem Gesicht streifen. Es ist eine automatische Geste. Sie erschrickt wieder. Einen Augenblick hat sie vergessen, dass sie jetzt eine Glatze hat. Judith beobachtet sie. Alina rückt ganz an die Wand, zieht die Knie an und legt ihren Kopf darauf.

„Hast du eine Katze gehabt?", fragt Judith.

Alina presst die Lippen zusammen und schaut gegen die Wand. „Du hast von einer Katze gesprochen", sagt Judith. „Aber ich konnte das nicht richtig verstehen. Ich mag Katzen. Sie sind geheimnisvoll, faszinierend. Anders als Hunde."

„Katzen sind freie Tiere", sagt Alina. „Man kann sie nicht zähmen, sie kommen nur, wenn sie selber Lust haben."

Judith nickt. „Ganz genau. Und so eine Katze hast du?"

„Ich hatte so eine."

„Als du noch bei deinen Eltern gelebt hast?"

„Ich rede nicht über meine Eltern."

„Aber was ist mit deiner Katze? Wo ist sie jetzt?“

„Auf der Müllhalde“, sagt Alina. Sie schaut Judith trotzig an.

Judith schluckt. Sie muss sich räuspern.

Jetzt denkt sie, ich hab die Katze umgebracht, denkt Alina. Auch gut. Soll sie denken, was sie will.

Judith steht auf. „Ich habe das Protokoll gelesen“, sagt sie. „Das sieht nicht gut aus. Der Mann, den du mit dem Messer verletzt hast, ist in die Charité gekommen. Es scheint, dass die Sehnen und Nerven durchtrennt sind.“ Sie bleibt stehen, schaut Alina an. „Möglich, dass die Hand steif bleibt.“

Alina schließt die Augen.

Sie will nicht, dass diese Judith in ihrer Miene liest, ständig irgendetwas herausbekommen will. Ob sie ein schlechtes Gewissen hat, ob sie bereut oder ob sie sich vielleicht sogar freut …

„Die haben mich gerufen“, sagt Judith, „weil sie mich immer rufen, wenn so was wie jetzt mit dir ist. Entweder sie rufen mich oder den Helmut oder den Reiner. Einen von uns. Das macht ihr gerne, die großen Schweiger spielen beim Verhör. Aber ihr glaubt doch nicht im Ernst, dass ihr damit durchkommt. Ich weiß doch, wie du heißt. Alina Bremer. Ich weiß es doch!“

Alina reißt die Augen auf.

„Woher wissen Sie das?“

„Ich weiß auch, wo deine Eltern wohnen. Deine Mutter hat das alleinige Erziehungsrecht. Du bist schon zweimal auffällig geworden, hast immer die Schule geschwänzt.

Dein Vater hat das Jugendamt um Amtshilfe gebeten. Er kommt nicht mit dir zurecht."

„Er ist nicht mein Vater", sagt Alina.

„Trotzdem haben deine Eltern eine Vermisstenanzeige aufgegeben."

„Ach ja?", fragt Alina cool. „Wieso? Sie interessieren sich doch sowieso nicht für mich."

„Du hast sie auch bestohlen", sagt Judith. „Stimmt doch, oder?"

„Das war mein Geld, Kindergeld. Das haben die immer für sich behalten." Alina denkt einen Augenblick nach. „Haben sie die Vermisstenanzeige nur aufgegeben, weil ich die Kohle genommen habe?"

Judith lächelt. „Das glaube ich nicht!"

„Aber ich", sagt Alina.

Sie legt sich wieder auf die Pritsche, zieht die Wolldecke über das Gesicht und schweigt. Ich rede zuviel, denkt sie. Wieso rede ich auf einmal so viel? Ich muss sofort damit aufhören.

„Alina?"

Keine Reaktion.

„Alina? Ich möchte dich etwas fragen."

Alina brummt.

Sie spürt, wie Judith sich zu ihr auf die Pritsche setzt. Das ist ihr unangenehm. Sie rückt noch weiter an die Wand.

„Deine Eltern", sagt Judith, „haben einen Antrag unterzeichnet. Sie wollen die elterliche Verantwortung in Zukunft verweigern. Sie sagen, sie hätten alles versucht, aber du machst ihr Leben kaputt. Sie sagen, es hat mit dir keinen Zweck. Sie wollen nicht, dass du wieder zurückkommst."

Alina zieht langsam die Decke vom Gesicht. Sie schaut Judith an. „Haben sie die Vermisstenanzeige aufgegeben, um das zu sagen?"

Judith schüttelt den Kopf. „Kollegen waren bei deinen Eltern. Nachdem du den Lastwagenfahrer überfallen und ihm alle Papiere und sein Geld und die Kreditkarten geklaut hast."

Alina schließt die Augen. Sie holt tief Luft.

„Du musst nicht glauben, dass irgendetwas verborgen bleibt", sagt Judith sanft. „Ihr macht euch da alle falsche Hoffnungen. Auch wenn ihr auf der Straße lebt, wissen wir von jedem von euch genau, wer ihr seid und wo ihr herkommt. Wir wissen nur manchmal nicht, warum ihr jetzt auf der Straße lebt. Warum ihr nicht wieder nach Hause wollt. Warum ihr Drogen nehmt."

„Ich nehm keine Drogen", sagt Alina.

Judith lächelt traurig. „Noch nicht. Aber wenn du so weitermachst, ist das nur eine Frage der Zeit. Ich weiß doch, was mit Mädchen wie dir passiert. Irgendwann hast du deinen ersten Freier, und der zahlt dir für ein bisschen Fummeln so viel, dass du denkst: Bin ich blöd, je was anderes zu machen? Und weil du das eigentlich eklig findest, musst du dich betäuben, und weil das mit Alkohol irgendwann nicht mehr funktioniert, brauchst du Stoff. Immer mehr, immer stärker. Und irgendwann hängst du an der Nadel und dann geht es dir wie Lodda."

„Was ist mit Lodda? Was wissen Sie über ihn?“

„Nicht viel. Er geht morgen zum Arzt.“

„Was will er denn da?“

„Einen Aidstest machen“, sagt Judith.

Die beiden sehen sich an.

„Hast du mit ihm geschlafen?“, fragt Judith.

Alina schüttelt den Kopf. „Quatsch.“

„War nur eine Frage. Wenn du mit ihm geschlafen hast, wäre es besser, wenn du auch zum Arzt gehst.“

Alina schreit: „Mann! Ich sag doch! Ich hab nichts mit ihm! Ich hab mit niemandem was!“

Judith nickt nachdenklich. „Wenn du willst“, sagt sie, „können wir mal darüber reden.“

„Worüber?“, kreischt Alina. „Worüber denn reden? Ist das hier ein Beichtstuhl oder was? Meine Mutter ist aus der Kirche ausgetreten. Ich war gar nicht erst drin. Ich brauch keinen Beichtvater. Ich brauch niemanden.“

„Jeder braucht irgendjemanden. Und mit vierzehn ganz besonders“, sagt Judith.

Alina presst die Hände auf die Ohren. Wie sie das hasst! Dieses Gesülze. Wie die Erwachsenen sich heranwanzen, um dann, wenn man ihnen vertraut, alles kaputtzumachen.

Das brauche ich nicht, denkt Alina, nie wieder. Ich brauche gar nichts. Ich will, dass man mich in Ruhe lässt. Ich bin müde. Alina legt ihr Kinn auf das Knie. Ich bin müde, denkt sie. Ich möchte schlafen.

„Alina, ich will dich etwas fragen.“

„Ich bin müde.“

„Du kannst trotzdem zuhören. Alina, ich könnte vielleicht etwas für dich arrangieren, damit du hier rauskommst."

„Wo? Hier aus dem Knast?"

„Das ist kein Knast, das ist nur eine Zelle. Die haben dich hier nur eingesperrt, um zu beraten, was jetzt mit dir geschehen soll."

„Ich will nicht nach Hause", sagt Alina. „Bitte, ich will nicht."

Judith schaut sie an, nickt langsam und bedächtig.

„Sie werden dich verurteilen", sagt sie. „Du bist vierzehn. Irgendeine Strafe werden sie dir aufbrummen. Es gibt geschlossene Heime. Weißt du das?"

Alina nickt.

„Willst du in so ein Heim? Es ist nicht schlecht dort. Manche fühlen sich richtig wohl. Ich kenne Mädchen, die haben ihre mittlere Reife gemacht und verdienen jetzt richtig Geld und haben eine Menge Spaß in ihrem Beruf. Eine ist Computerfachfrau geworden."

„Computer interessieren mich überhaupt nicht."

„Okay, darum geht es auch nicht. Eine andere ist Gärtnerin geworden. Sie will jetzt ihren eigenen Blumenladen aufmachen."

„Meinen Segen hat sie."

„Ich habe einen guten Freund", sagt Judith, „der organisiert Reisen nach Finnland. Für Jugendliche, die auffällig geworden sind, wie man das so schön nennt. Kriminelle jugendliche Straftäter, so wie du."

„Ich bin nicht kriminell", sagt Alina empört.

Judith lächelt. „Wie nennst du das denn, wenn man einem unbekannten Mann ein scharfes Messer in den Arm rammt?"

„Der Kerl wollte mich festhalten."

„Weil du eine Brieftasche geklaut hast."

„Ist doch scheißegal, wieso."

„Nein. Alina, das ist es nicht", sagt Judith scharf. „Und jetzt hörst du mir zu. Dieser Freund, den ich habe, heißt Bernd Jost. Er fährt nächsten Freitag mit vier Jugendlichen nach Finnland, ganz in den Norden. Da ist es ziemlich einsam, das gebe ich zu, aber auch sehr schön. Die Landschaft da ist ergreifend. Er fährt mit den Jugendlichen auf einen Bauernhof. Zu einem Ehepaar, die eine spezielle Ausbildung haben, um jugendliche Straftäter wieder in die Gemeinschaft zurückzuführen. Das ist eine super Sache. Du kannst Finnisch lernen."

„Und was hab ich davon? Ich will nicht nach Finnland."

„Andere reißen sich drum."

„Dann können ja die anderen fahren."

Judith steht auf. Sie ist jetzt gereizt, ungnädig. Alina entdeckt rote Flecken an ihrem Hals. Sie geht nervös in dem Zimmer auf und ab. Dann bleibt sie stehen, verknotet die Hände und schaut Alina an.

„Bernd hat mir eben am Telefon gesagt, dass einer der vier untergetaucht ist. Wahrscheinlich nach Frankreich. Das war seine letzte Chance. Er wird nie wieder eine bekommen. Ein Platz ist also frei. Als ich gerufen wurde, um dich zu identifizieren, und als ich dich da gesehen habe auf der Pritsche …" Judith stockt, räuspert sich und redet schnell weiter. „Ich hab ihn angerufen. Und ihn gefragt, ob es möglich wäre, dass man ganz unbürokratisch dich mitschickt. Er sagt, er sieht wenig Chancen."

Alina lacht grimmig. „Wieso hör ich mir den ganzen Quatsch dann überhaupt an, wenn es sowieso keine Chance gibt?"

„Also würde es dich doch interessieren", sagt Judith sanft.

Alina spürt, dass sie rot wird. Sie hat keine Lust mehr, irgendetwas zu sagen. Sie legt die Hände an die Ohren, aber sie kann trotzdem hören, wie Judith weiterspricht.

„Er sagt, er will es versuchen. Ich werde sofort eine Eingabe machen beim Jugendamt. Ich werde denen schildern, welchen Eindruck ich von dir habe. Ich werde mit Engelszungen reden, Alina, um dir diese Chance zu ermöglichen. Du hast ein Riesenglück, dass dieser Junge getürmt ist und dass ich zufällig Bernd so gut kenne. Ich will nur sicher sein, dass ich mir die ganze Arbeit, die tagelange Rennerei, nicht umsonst mache. Ich will sicher sein, dass du dann auch mitkommst." Sie geht zu Alina, reißt ihre Hände von den Ohren und schreit: „Hast du mich verstanden???"

„Ich bin doch nicht taub", sagt Alina sanft.

„Es ist deine letzte Chance", sagt Judith erschöpft. „Verstehst du das auch?"

Alina zuckt mit den Achseln.

Judith steht auf, geht zur Tür. „Du bleibst heute Nacht hier. Das ist so abgesprochen. Morgen vielleicht auch."

„So lange dürfen die mich nicht festhalten!", ruft Alina.

„O doch, dürfen sie. Du hast keinen festen Wohnsitz, es besteht Fluchtgefahr, außerdem ist das Jugendamt für dich verantwortlich. Wir können eine ganze Menge, Alina. Das solltest du begreifen, bevor es zu spät ist."

Ohne Alinas Antwort abzuwarten, geht Judith und wirft die Tür hinter sich zu. Alina hört draußen gedämpfte Stimmen, dann wird der Schlüssel wieder umgedreht. Alina ist eingesperrt.

Sie lässt sich wieder auf die Pritsche fallen, starrt gegen die kalkweiße Decke.

Finnland, denkt sie. Finnland, Finnland.

Sie versucht sich zu erinnern, was sie in der Schule über Finnland gelernt hat. Viel fällt ihr nicht ein. Die Mitternachtssonne, die langen Winternächte, Rentiere, Bären und die Sauna.

Alina ist noch nie in einer Sauna gewesen. Vielleicht brauchen die so was, denkt sie, wenn es draußen mörderisch kalt ist.

Sie muss an ihr früheres Lieblingsbuch denken: *Die Kinder von Bullerbü*. Von wem war das noch? Astrid Lindgren?

Kommt die aus Schweden oder aus Finnland? Wohl eher Schweden. Aber solche bunten Häuser gibt es vielleicht auch in Finnland. So eine Kindheit gibt es wahrscheinlich nur in Bilderbüchern. Das richtige Leben ist anders.

12

Der Zug rattert über eine Eisenbahnbrücke, die sich weit über die Moorlandschaft spannt. Das mahlende Geräusch der Räder auf den Gleisen setzt sich in Alinas Kopf fest.

Sie hockt zusammengerollt am Fenster, die Füße in einen Pulli gewickelt, und schaut nach draußen.

Sie fahren der Nacht entgegen.

Seit Stunden hat Alina nichts gesehen als Kiefernwälder, Seen, Flüsse. Manchmal hat der Zug gehalten. Die Bahnhöfe waren aus Holz, manche mit roter Farbe bemalt. Dahinter hoben sich riesige Metallsilos empor. Bernd Jost sagt, dass in diesen Silos Holzabfälle zu Papier verarbeitet werden. Alina kann sich nicht vorstellen, wie das funktioniert.

„Hier lebt alles vom Holz", sagt Bernd, „die ganze Wirtschaft."

Unter ihnen, unter der Eisenbahnbrücke dehnt sich ein See. Darauf treiben aneinander gekettete, geschälte Baumstämme. Sie leuchten gelb im schwarzen Wasser. Manchmal fahren sie an Weideland vorbei. Da sieht man Hunderte von Kühen. Ein moderner Bauernhof mit einem Aluminiumdach, in dem sich die untergehende Sonne spiegelt. Am Abteil torkeln junge Männer vorbei, Bierdosen in der Hand. Sie sind alle betrunken.

Bernd Jost sitzt Alina gegenüber. Seit zehn Stunden sitzen sie in diesem Zug. Von Helsinki hat Alina nichts gesehen, sie sind von der Fähre sofort zum Bahnhof gebracht worden. Bernd Jost hat diese Fahrt schon viermal gemacht. Er kennt sich aus. Er spricht Englisch mit den Finnen. Wenn die Finnen miteinander reden, klingt es, als kämen sie vom Mars. Eine Sprache, die vollkommen fremd und anders ist. Bernd Jost wollte darüber einen langen Vortrag halten, aber Alina hat sich Ohrstöpsel reingesteckt und Musik gehört.

Sie will das alles nicht wissen. Sie wollte ja überhaupt nicht hierher.

Man hat sie gegen ihren Willen hierher gebracht.

Neben ihr sitzt Imken. Imken ist siebzehn und hat, wie Bernd Jost sagt, auch ihre letzte Chance.

„Imken kennt jedes Polizeirevier von Berlin", hat er gesagt, „und jetzt sorgen wir dafür, dass sie mal was anderes kennen lernt."

Alina hat nicht gefragt, wie Imken auf das Polizeirevier gekommen ist. Sie kann es sich ungefähr vorstellen. Die Leute in Berlin erzählen alle ungefähr dasselbe. Sie sind abgehauen von zu Hause, weil sie es da nicht mehr ausgehalten haben. Dann haben sie ein bisschen geklaut, ein paar Einbrüche verübt, Überfälle, Autos geknackt, gedealt, sind auf den Babystrich gegangen, haben gekifft, Pillen eingeworfen oder gespritzt. Der Abstieg. Bis man froh war, dass es so was gibt wie das *DroB In.* Und Leute wie Judith und Bernd, die sich kümmern, bis man sich selber nicht mehr leiden kann.

Die beiden Jungen, die mit im Abteil sitzen, können sich wahrscheinlich auch nicht mehr leiden. Markus und Bobo hocken da, rauchen und zocken. Seit zehn Stunden spielen sie mit diesen vergammelten Karten um Pfennige, die in einer alten Tabakdose auf Bobos Knien hin und her schaukelt. Markus leckt immer an seinem Zeigefinger, wenn er die Karten auseinander fächert.

„Hey", ruft Bobo so laut, dass alle im Abteil es hören können. „Leck nicht immer an deiner Herzdame rum!"

„Wieso kennst du meine Karten?" Markus versucht, sie vor Bobo zu verstecken. „Du bescheißt schon wieder."

„Die brauch ich gar nicht zu sehen. Du musst deinen Lecker doch überall reinstecken."

„Jetzt reicht's. Schluss." Bernd wirft Bobo einen zornigen Blick zu. „Ihr seid nicht allein. Glaubt ihr, wir haben Lust, uns ständig eure Sauereien anzuhören?"

Bobo grinst. „Das müsst ihr abkönnen." Und zu Alina gewandt: „Und die muss noch ganz was anderes abkönnen, wenn sie es mit uns aushalten soll."

Bobo hat eine Glatze wie Alina. Seit sie Bobo kennen gelernt hat, ärgert sie sich über sich selbst. Bobo sieht aus wie ein Skinhead: dickes Gesicht, dicker Hals, ein tätowierter Adler, Springerstiefel. Er klopft ständig große Sprüche. Aber viel steckt nicht dahinter, das hat Alina schon gemerkt.

Der Zug fährt jetzt wieder durch Kiefernwälder. Manchmal glitzert eine Hochspannungsleitung. Manchmal sieht man auf einer Lichtung Waldarbeiter. Dann wieder ein Dorf, das wie ein Lager aussieht, mit lang gestreckten Holzbaracken, eine Fabrik. Einmal kreuzen sie eine Art Autobahn, auf der Lastwagen fahren mit aufgeblendeten Scheinwerfern. Dann wieder Wälder, endlos.

Alina hat das Gefühl, als wenn sie ins Nichts fahren, in eine Unendlichkeit, die nur aus Kiefernwäldern besteht, in die Dunkelheit. Der Himmel ist jetzt violett, die Sonne untergegangen. Auf der anderen Seite, im Osten, ist der Himmel schon schwarz. Alina wendet den Kopf und schaut in die Dunkelheit. Sie kann nichts denken. Ihr Kopf ist ganz leer.

„Noch zwei Stunden", sagt Bernd Jost freundlich.

„Magst du was trinken?", fragt er Alina.

Alina schüttelt stumm den Kopf. Sie hat in den zehn Stunden noch kein Wort gesagt. Sie hat auch auf der Fähre nicht gesprochen. Jedenfalls nicht, wenn Bernd sie angeredet hat. Sie will nicht.

Mit Imken hat sie vier oder fünf Sätze gewechselt. Das war's. Bernd ist ungefähr dreißig. Ein freundlicher Typ. Er versucht immer, Witze zu machen, um seine Truppe aufzumuntern. Aber damit kommt er nicht weit. Imken ist schlecht drauf. Vielleicht ist sie gerade auf Turkey. Sie sieht blass aus. Hat tiefe Ränder unter den Augen. Ihre Hände zittern unentwegt. Sie hat spindeldürre Beine, die in Leopardenhosen stecken. Alina findet das abartig, besonders diesen lilafarbenen Pulli, den Imken dazu trägt. Und dann noch ein besticktes Käppi. Wo sie das wohl herhat? Unter dem Käppi gucken ihre karottenrot gefärbten Haare heraus, die Spitzen sind vollkommen verfilzt und kaputt. So haben Alinas Haare auch mal ausgesehen, als sie den Tick hatte, sie alle zwei Wochen in einer anderen Farbe zu tragen. Die Chemie hat sie vollkommen kaputtgemacht. Jetzt ist damit Schluss. Sie fährt mit einer Hand über ihre Glatze. Immer noch ein komisches Gefühl.

„Im Winter", sagt Bernd, der sie beobachtet, „ist das ein bisschen kalt da oben, ohne Haare."

Alina zuckt mit den Achseln. Er hat keine Chance, sie antwortet einfach nicht. Im Winter, denkt sie, setze ich mir eben eine Mütze auf. Falls ich im Winter überhaupt noch da bin. Ich hab doch keinen Bock, meinen Winter in einem Land zu verbringen, in dem es gar nicht richtig hell wird. Bernd hat erzählt, dass in Kuusana, dem Ort, zu dem sie fahren, im Winter die Sonne nur zwei Stunden scheint. Von elf bis eins. Falls sie überhaupt scheint. Aber der Schnee ist so hell, hat er gesagt, dass die Leute auch nachts noch auf ihren Langlaufskiern unterwegs sind. Manche Loipen sind beleuchtet. Jedenfalls in Helsinki. Aber von Helsinki sind sie dann zwölf Zugstunden entfernt. Wieso fährt der Zug so langsam? Wieso hält er an jeder Milchbank – wenn sowieso keiner aussteigt? Nur Postsäcke werden ab- und aufgeladen. Und Kartons. In dieser Gegend von Finnland, hat Bernd gesagt, gibt es wenig Straßen. Zu viele Seen, zu viele Flüsse, zu viel Moor. Es wäre zu teuer, hier Straßen zu bauen. Die müssten praktisch aus Brücken bestehen. Hier transportiert man die Waren entweder mit dem Zug oder dem Schiff.

Als wenn mich das interessiert, denkt Alina.

Sie hat das Gefühl, dass ihr schwindlig wird, wenn sie noch länger auf die Spitzen der Kiefern schaut, die am Fenster vorbeifliegen. Sie schließt die Augen.

„Müde?“, fragt Bernd freundlich.

Wieso kapiert der Typ nicht, dass ich nicht mit ihm rede?, denkt Alina.

Zwei Stunden später sind sie in Kuusana, in Lappland. Bisher war das für Alina nur eine Seite im Atlas. Aber jetzt ist sie da. Am Arsch der Welt. Da, wo sie nie sein wollte.

Als sie aussteigen glänzen über ihnen die Sterne.

Kuusana hat 850 000 Einwohner. Berlin ist dreißig Stunden Zug- und Schifffahrt entfernt. In Kuusana spricht kaum einer Englisch, geschweige denn Deutsch.

Alina hat noch siebenundvierzig Mark in der Tasche. Die wird sie irgendwann in Finnische Mark umwechseln. Falls es hier überhaupt eine Bank gibt.

Am Bahnsteig steht ein großer, strenger Mann. Er trägt eine Bärenfellmütze auf dem Kopf und einen gefütterten Anorak. Sein Bart ist gelb vom Tabak. Neben ihm parkt ein alter Militärjeep.

Bernd Jost winkt. Der Mann nickt nur.

„Das ist Pertti“, sagt Bernd, „besser, ihr benehmt euch anständig. Ich will keinen Stress, so lange ich hier bin.“

Als sie näher kommen, nimmt der Mann langsam seine Hände aus den Anoraktaschen. Sie sind groß wie Elchschaufeln. Alina schaut in seine Augen. Helle, kalte

Augen. Sie schaut auf seinen Mund. Schmale, blutleere Lippen. Und da weiß sie, dass es schwer wird, richtig schwer. Sie dreht sich um. Sie rennt.

Der Schaffner steht neben der Lokomotive und pfeift. Der Zug fährt los.

Alina sieht, dass die Waggontür, aus der sie ausgestiegen sind, noch offen ist. Sie rennt.

„Alina!“, brüllt Bernd. „Bist du verrückt?“

Alina will das nicht hören.

Sie streckt die Hand aus, klammert sich an den Türgriff. Das warnende Pfeifen des Schaffners dröhnt schrill in ihr Ohr. Der Bahnvorsteher schreit etwas, das sie nicht versteht.

Sie zieht sich mit letzter Kraft auf das Trittbrett, noch eine Stufe.

Ihre Tasche ist schwer wie Blei.

Der Zug fährt schneller. Sie hört die Pfeife jetzt nah an ihrem Ohr. Als sie den Kopf wendet, sieht sie in das schreckenserstarrte Gesicht des Schaffners.

Aber da ist sie schon im Zug. Und zieht die Tür hinter sich zu. Durch das Fenster sieht sie, wie die fünf Menschen neben dem alten Militärjeep kleiner werden. Immer kleiner.

Alina lächelt. Ich bin frei, denkt sie. Frei.

Der Zug fährt in die Nacht hinein. Nach Norden.

An der nächsten Station hält der Zug lange.

Alina sitzt ganz alleine in einem Abteil, sie hat das Licht gelöscht und zum Gang hin die braunen Vorhänge zugezogen. Sie starrt auf den spärlich erleuchteten Bahnhof. Sie kann kaum etwas erkennen.

Ein paar Autos stehen mit abgeblendeten Scheinwerfern neben dem Bahngleis.

Vielleicht laden sie wieder Post aus, denkt Alina.

Dann hört sie im Nebenabteil Stimmen. Sie kann nicht verstehen, was die Leute sagen. Sie weiß nicht, wer da sitzt. Sie hört, wie Türen aufgerissen werden.

Vielleicht fragen die Leute, warum sie so lange halten, denkt sie.

Sie zieht den Fenstervorhang vor ihr Gesicht. Im gleichen Augenblick wird ihre Abteiltür aufgerissen. Jemand ruft etwas. Alina verkriecht sich tiefer in den Vorhang. Aber dann packen sie zwei Hände, und jemand leuchtet ihr mit der Taschenlampe ins Gesicht.

Alina öffnet die Augen. Dann flammt das Deckenlicht auf. Zwei Männer in Uniform reden auf sie ein.

„Ich verstehe nicht“, sagt Alina.

„Your ticket. Your passport. Your name“, sagt der Beamte.

„I have no ticket“, sagt Alina.

„What's your name?“

Alina schweigt.

„You are the German girl“, sagt der Beamte. „Alina Bremer. Don't deny. We know.“

Und dann zieht jemand sie hoch. Und Alina spürt den kalten Wind aus der offenen Waggontür.

Im nächsten Augenblick hat man sie aus dem Zug gestoßen und führt sie ab wie eine Verbrecherin. Rechts und links ein Mann in Uniform. Jemand geht hinter ihnen mit ihrer Tasche.

Die Reisenden haben die Fenster heruntergeschoben und starren sie neugierig an.

Ein junger Mann ruft etwas hinter ihr her und schwenkt dabei seine Bierdose.

Sie schieben Alina in einen kleinen, grell erleuchteten Raum im Bahnhofsgebäude, drücken sie auf einen Stuhl. Es riecht nach altem Rauch. An den Wänden hängen Fahrpläne. Auf dem Schreibtisch liegen alte vergilbte Bücher und ein Telefon. Der eine Beamte nimmt den Hörer, wählt eine Nummer. Er lässt Alina nicht aus den Augen.

Er sagt etwas auf Finnisch. Dann nickt er grimmig, und legt den Hörer wieder auf. „You wait here", sagt er. „You don't move."

Alina sagt nichts.

Sie hört das Pfeifen draußen.

Und dann sieht sie durch das Fenster, wie der Zug sich langsam in Bewegung setzt. Weiter nach Norden. Alina wartet acht Stunden auf diesem Stuhl, einmal darf sie zur Toilette, aber dabei wird sie begleitet.

Die Beamten sind nicht freundlich zu ihr. Dieses Mädchen macht nur Ärger. Sie können nicht wie üblich einfach dösen, bis der nächste Zug aus Norden kommt, sondern sie müssen aufpassen. Vielleicht vertreiben sie sich die Zeit hier sonst mit Glücksspielen. Jetzt müssen sie anständig dasitzen, Alina bewachen und warten.

Nach acht Stunden fährt der Zug aus Norden kommend wieder in die Station ein. Er ist jetzt auf dem Rückweg. Die beiden Beamten bringen Alina hinaus, aber diesmal muss sie ihre Tasche selbst tragen.

Sie stoßen sie unsanft in ein Abteil.

Jetzt ist Tag. Die Sonne scheint. Die Kiefern leuchten grün vor einem hellblauen Himmel. Der Wind kräuselt die Oberfläche der Seen, Baumstämme treiben auf dem flachen Wasser. Ein Lastkahn ankert zwischen den Baumstämmen.

Im Hintergrund ein Fabrikschlot, aus dem eine Spirale mit gelbem Qualm aufsteigt.

Zwei Stunden später sind sie wieder in Kuusana. Der Militärjeep hält neben dem Gleis. Und der Mann mit den großen Hosen und der Bärenfellmütze lehnt an dem Auto und schaut ihr entgegen.

Pertti Nymans Gesicht ist jetzt noch finsterer. Seine Augen noch eisiger. Die Beamten sagen etwas zu ihm, er nickt. Er nimmt ihre Tasche, schleudert sie nach hinten, packt Alinas Arm so hart, dass sie davon einen großen blauen Fleck bekommen wird, und schiebt sie auf den Beifahrersitz. Die Sitze sind aus zerschlissenem Kunstleder, gelber Schaumstoff quillt daraus hervor. Quer über dem Armaturenbrett liegt eine Jagdflinte. Es riecht nach Tier in dem Jeep.

Pertti sagt kein Wort, als sie die Bahnstation verlassen. Auch nichts, als sie von der großen Straße abbiegen und eine schnurgerade, schmale Asphaltstraße entlangfahren, die wie eine Schneise in die Kiefernwälder geschlagen ist.

Die Sonne steigt höher. Pertti fährt. Er steuert den Wagen nur mit dem kleinen Finger der rechten Hand. Der linke Arm lehnt aus dem offenen Fenster.

Alina schaut sich vorsichtig um.

Und da setzt ihr Herz vor Schreck aus.

Hinten auf der Ladefläche liegt ein totes Rentier. Aus der aufgeschnittenen Kehle sickert Blut.

Pertti schaut Alina an. Er mustert sie. Er sieht, wie sie die Luft einzieht, wie sie blass wird. Er lächelt. Das erste Mal. Aber er sagt nichts. Er gibt nur ein bisschen mehr Gas.

Plötzlich hört der Wald auf und die Weiden beginnen. Saftige, grüne Weiden, auf denen Rinderherden grasen. Dann ein großes Moor, auf dem weißes Wollgras wächst. Dann ein Fluss. Eine schmale Brücke führt hinunter. Ein Traktor kommt ihnen entgegen. Pertti hält an und unterhält sich einen Augenblick mit dem Fahrer. Er ist kaum älter als Alina. Er wirft einen neugierigen Blick auf sie. Doch Alina tut, als bemerke sie es nicht.

Sie hat Hunger und Durst. Aber eher würde sie sich die Zunge abbeißen, als das zuzugeben.

Sie fahren weiter. Pertti stopft sich eine Pfeife, krümelt mit dem Tabak herum.

Alina ist froh über den Pfeifengeruch. Dann riecht sie das frische Blut nicht mehr so.

Sie wagt nicht, sich noch einmal umzusehen. Sie denkt nur, hoffentlich sickert diese Sauerei nicht in meine Tasche. Aber das wäre dann auch schon fast egal.

13

Als sie ihr Ziel erreichen, ist es Mittag. Bernd Jost steht auf Perttis Hof, die Hände tief in den Taschen vergraben. Sonst ist niemand zu sehen.

Schweigend halten sie. Schweigend steigen sie aus.

Bernd schaut Alina an.

Alina erwidert cool seinen Blick.

„War die Fahrt schön?“, fragt Bernd.

Alina zuckt mit den Achseln. „Geht so.“

Bernd lächelt. Alina begreift nicht, was es hier zu lächeln gibt.

Pertti wirft Alinas Tasche auf den Boden. Auf Englisch sagt er, dass er ein Rentier halb tot von der Straße aufgelesen habe. Offenbar sei es von einem Laster angefahren worden, er habe es erschießen müssen.

Bernd schaut sich neugierig das Tier auf der Ladefläche an. Er fragt Pertti, wie alt es sei.

„Zwei Jahre, circa“, sagt Pertti.

„Und was willst du jetzt damit machen?“, fragt Bernd.

Pertti rollt die Segeltuchbahnen über der Ladefläche auf.

„Das gibt gutes Fleisch“, sagt er. „Der nächste Winter kommt bestimmt. Da können wir ein paar Steaks gut gebrauchen.“

Bernd nickt. Dann fällt sein Blick auf Alina.

Alina denkt, dass sie sich gleich übergeben muss. Sie will, dass beide aufhören sie anzuschauen.

Aber sie steht ganz ruhig, wartet ab.

„Komm", sagt Bernd, „ich zeig dir, wo du schläfst."

Widerspruchslos hebt Alina ihre Campingtasche auf und folgt ihm über den Hof.

Alinas Zimmer befindet sich in einer Scheune, die an den großen Rinderstall angebaut ist.

Im Erdgeschoss gibt es vier Zimmer, zwei Bäder und einen Raum mit Waschmaschine und Bügelbrett.

„Ihr müsst eure Sachen natürlich selber waschen, Bettwäsche und Handtücher auch", sagt Bernd.

„Ihr seid schließlich nicht in einem Hotel."

Als wenn das jemand angenommen hätte, denkt Alina.

Das Gute ist, dass jeder ein eigenes Zimmer hat. Imken schläft nebenan, die Jungen gegenüber.

Die Jungen haben ein Badezimmer für sich, die Mädchen auch. Über ihnen lagert das Stroh und Heu für den Winter. „Das sind die wärmsten Zimmer auf dem ganzen Hof", sagt Bernd, „ihr habt Glück, denn eine Heizung gibt es nicht."

Das ist Alina alles egal. Sie lässt die Tasche fallen und setzt sich auf ihr Bett. Nur eine nackte Matratze. Aber zwei schöne flauschige Wolldecken. „Das Bettzeug bekommst du von Jaana", sagt Bernd. „Das ist Perttis Frau. Sie ist in der Küche. In einer halben Stunde gibt es Mittagessen. Hast du Hunger?"

„Ich hab seit zwei Tagen nichts gegessen", sagt Alina.

Bernd reibt sich fröhlich die Hände. „Na, siehst du,

dann schmeckt es bestimmt. Je größer der Hunger, desto leckerer ist das Essen hier."

Du bist ein blödes Arschloch, denkt Alina.

„Also okay, du kannst es dir ja erst mal gemütlich machen. Da drüben ist der Schrank. Und dann kommst du rüber, ins Haupthaus. Klar?"

„Und wo sind meine Aufpasser?", fragt Alina. Ihre Stimme soll ironisch klingen. Aber sie ist viel zu erschöpft, um ihre Stimme irgendwie klingen zu lassen.

„Hier gibt es keine Aufpasser", sagt Bernd fröhlich. „Denn hier kommt niemand weg. Niemand. Das haben schon mal ein paar Typen versucht. Aber die waren schnell wieder da. Die hatten Angst, die Bären würden sie fressen."

Alina starrt Bernd an „Gibt es hier Bären?"

„Aber klar", sagt Bernd. „Wir sind in Lappland."

„Ich hab Angst vor Bären", sagt Alina.

Bernd lacht. „Kluges Kind."

Er schlägt die Tür hinter sich zu.

Draußen auf dem Hof dröhnt ein Motor.

Alina schaut aus dem Fenster. Ein Traktor fährt auf dem Hof.

Am Steuer sitzt ein Junge mit blonden Haaren, braun gebrannt. Er trägt einen blauen Overall. Das ist doch der Typ von vorhin, denkt sie. Der Junge springt vom Traktor. Alina schaut sich seine grauen Gummistiefel an. Sie hat keine Ahnung, wieso sie diese Gummistiefel ansieht. Der Junge geht nach hinten, klettert auf den Anhänger und hebt ein paar Säcke heraus. Alina sieht, wie Bernd auf ihn zugeht, die beiden sich begrüßen, mit Handschlag. Der Junge lacht. Er sieht gut aus, wenn er lacht.

Bernd deutet auf die Scheune, auf das Fenster, hinter dem Alina steht.

Als der Junge seinen Blick auf das Fenster richtet, weicht Alina in die Dunkelheit des Zimmers zurück.

Alina kannte bislang nur alte Fachwerkhäuser mit niedrigen Decken, Kachelöfen und Holzfußböden.

In dem Haus von Pertti und Jaana ist alles anders. Es ist neu, aus Beton, hat ein flaches Dach aus Aluminium und kleine Fenster. Der Flur ist mit Kiefernholz getäfelt, aber davon sieht man eigentlich nichts. Überall hängen Overalls, Arbeitsanzüge, Anoraks, Mützen, und auf dem Fußboden steht eine Reihe Gummistiefel. Es ist kalt im Haus, kälter noch als draußen. Es zieht. Aus der Küche kommt Lärm. Finnische Laute, die für Alina wie gurgeln klingen, nicht wie sprechen.

Sie folgt den Stimmen, geht an verschlossenen Türen vorbei. Die Küchentür ist nur angelehnt. An der Decke hängt eine lange Neonröhre, die alles in ein bläulichkaltes Licht taucht. In der Mitte ein großer Tisch, mit bunter Wachstuchdecke. An dem Tisch sitzen Pertti, Imken, Bernd und die beiden Jungen. Alle haben ihre Ärmel aufgekrempelt und die Pullis über die Lehne gehängt. Offenbar haben sie sich schon an die Temperaturen gewöhnt.

Sie schauen alle auf, als Alina in der Tür steht. Und plötzlich ist es still.

Alina wirft den Kopf zurück. Jetzt ganz cool bleiben, denkt sie. Die können mich alle mal.

„Hey", sagt sie.

Pertti sitzt am Ende des Tisches. Er hat seine Hände um ein Teeglas gelegt. Auf Englisch sagt er: „Da ist Alina also. Sie ist von zu Hause weggelaufen. Danach keine Schule, keine feste Adresse, kein Ziel. Na ja, wie ihr alle. Schlafen, wenn man müde ist, sonst rumhängen und abzocken. Bernds Freundin Judith, eine Streetworkerin, hat dafür gesorgt, dass Alina zu uns kommt. Sie nimmt übrigens keine Drogen. Ich erwarte, dass niemand von euch Alina zu irgendwelchen krummen Sachen verleitet. Ihr wisst, was dann passiert. Alina, setz dich da drüben hin, neben Bobo."

Bobo fläzt sich mit gegrätschten Beinen auf seinem Stuhl und kratzt sich an den Schenkeln. Er macht keine Anstalten, für Alina Platz zu machen, als sie sich neben ihn setzen will.

„Rück doch mal ein Stück", sagt sie. Als sie sich an ihm vorbeischlängelt, schiebt Bobo ihren Pulli hoch, so dass man ihren Bauch sieht.

„Markus, das ist doch was für dich. Du stehst auf Bräute mit Wabbelhaut, oder nicht?"

Jaana steht am Herd, sie holt mit einer Schöpfkelle Dampfkartoffeln aus dem Wasser. Sie dreht den Kopf nur halb zu Alina hin. „Lässt du dir so was gefallen?"

„Wieso", sagt Alina, „hat der was gesagt? Ich höre nicht hin, wenn der den Mund aufmacht."

Markus grinst blöd.

„Weil da sowieso immer nur Scheiße rauskommt“, fährt Alina fort. „So viel Zahnpasta gibt’s auf der ganzen Welt nicht, um die Scheiße aus seinem Mund wegzukriegen.“

„Eins solltet ihr euch merken, Leute.“ Jaana stellt die Schüssel mit den Kartoffeln auf den Tisch. „Hier, in meiner Küche und beim Essen erst recht, redet ihr anständig. Ich habe keine Lust mir eure Zoten anzuhören.“

„Was sind denn Zoten?“, fragt Bobo scheinheilig unbedarft.

„Schweinereien“, sagt Pertti. „Alina, hast du Jaana schon guten Tag gesagt?“

Alina steht wieder auf. „Ich dachte, ich soll mich setzen.“

„Vielleicht fragst du sie einfach, ob du ihr helfen kannst.“ Pertti hat eine Stimme, der man schlecht widersprechen kann. Er ist *die* Autorität hier.

Jaana gießt das Gemüse ab. Blumenkohl. Der Geruch breitet sich in der Küche aus. Dann holt sie Räucherspeck aus dem Topf, legt ihn auf ein Brett.

Sie lächelt Alina zu, die etwas verlegen neben ihr steht. „Hallo. Schön, dass du endlich da bist.“

Alina lächelt unsicher.

„Hier. Schneid das in Scheiben. Aber vorsichtig, da ist noch Schwarte dran.“

Alina wird fast übel, als sie das gelbliche Fett sieht und die Schwarte, an der noch kleine helle Borsten stecken. Im Leben wird sie das Zeug nicht essen. Aber sie beißt die Zähne zusammen und schneidet.

Pertti redet mit Jaana. Sie sprechen Finnisch miteinander und Alina hat das Gefühl, als redeten die beiden über sie. Das macht sie noch unsicherer.

Sie stellt das Brett auf den Tisch.

„Magst du so was?“, fragt Jaana.

„Wenn ich ehrlich sein soll …“ Alina schaut Jaana an.

„Du kannst es ruhig sagen.“

„Ich ess überhaupt kein Fleisch.“ Das ist natürlich eine Lüge, aber Alina möchte Jaana nicht verletzen, indem sie sagt, dass sie sich nur vor diesem Fleisch ekelt. Komisch, denkt sie. Ich kenne diese Frau doch gar nicht. Es kann mir doch eigentlich egal sein. Aber das ist es nicht.

„Dann musst du dich eben daran gewöhnen“, Pertti füllt sich als Erster den Teller. „Bei uns gibt es zweimal in der Woche Fleisch, weil das gut für den Körper ist. Außerdem arbeiten wir hart.“ Er schaut auf einmal in die Runde. „Richtig hart. Das werdet ihr noch merken. Ich wette, dass euch Jaanas Essen in einer Woche wie die Küche in einem Drei-Sterne-Restaurant vorkommt.“

Alina setzt sich wieder hin.

„Nach dem Essen“, sagt Pertti, „machen Alina und Bobo den Abwasch. Und jetzt guten Appetit. Die anderen haben eine halbe Stunde Freizeit. Dann wird die Arbeit eingeteilt.“

Beim Abwasch stellt Bobo sich an wie ein Neandertaler.

„Hey“, sagt er, „wenn du das nächste Mal ’ne Fliege machst, dann pass auf, dass Markus und ich das nicht ausbaden müssen. Sonst kriegst du ein Problem. Ist das klar?“

Alina antwortet nicht. Sie arbeitet ruhig weiter.

„Ob das klar ist, Mann." Bobo nimmt die Topfbürste und schleudert sie so, dass das dreckige Seifenwasser in ihr Gesicht spritzt.

„Hör auf, du Arsch", schreit Alina. Sie reißt das Geschirrtuch vom Haken und fährt sich damit über das Gesicht. Bobo schaut ungerührt zu. Alina hat Seifenlauge in die Augen bekommen. Das brennt.

„Wir hatten deinetwegen die Hölle. Mann, was glaubst du eigentlich, wer du bist? Ich reiß mir für dich doch nicht den Arsch auf. Bloß weil eine Tussi wie du denkt, sie ist was Besseres ..."

Alina schleudert das Geschirrtuch auf den Tisch. „Es reicht, hörst du? Glaubst du etwa, ich finde es geil, mit Typen wie euch leben zu müssen? Mann, ich hab's gewusst. Du bist der letzte Dreck, echt. Ich hab's gewusst."

Markus steckt plötzlich den Kopf in die Tür. Lauernd schaut er von einem zum anderen. „Na? Wie lange dauert das denn noch? Ist doch ganz einfach: Spucke auf die Teller, zweimal umrühren und fertig."

„Hau bloß ab, du Schwein", sagt Alina angewidert.

„Wie ist die denn drauf?", fragt Markus zu Bobo gewandt.

„Wisst ihr, was." Alina knallt einen Topf auf die Ablage, sodass davon die Gläser in den Regalen zittern. „Ihr macht euren Kram und ich meinen, okay? Und wenn du hier schon blöde rumlaberst, kannst du auch mithelfen." Sie nimmt den Schwamm und wirft ihn Markus rüber.

Markus weicht aus und der Schwamm klatscht gegen den Herd. Eine Seifenspur zieht sich bis zum Fußboden.

„Das reicht, klar?“ Plötzlich sind Bobo und Markus neben ihr. Bobo presst ihre Arme nach hinten und Markus schiebt seine Hände unter ihren Pulli und grabscht nach ihren Brüsten.

Alina spuckt ihm ins Gesicht. Sein Händedruck wird fester. Jetzt tut es richtig weh. Alina beißt die Zähne zusammen. Die Tränen schießen ihr in die Augen. Aber sie will nicht heulen, nicht vor diesen Typen.

„Du miese kleine Nutte“, zischt Markus.

„Alina! Bist du fertig?“ Das ist Jaanas Stimme. Schritte im Flur. Sie kommen näher. Sofort lassen Markus und Bobo Alina los, drehen sich zur Spüle um. Als Jaana in der Tür steht, machen alle einen ganz harmlosen Eindruck. Aber Jaana ist misstrauisch.

„Alles in Ordnung, Alina?“, fragt sie.

Alina atmet tief durch. Sie nickt. Sie wird Jaana da nicht reinziehen. Die beiden Scheißkerle nicht verpfeifen. Sie weiß, dass sie die Hölle kriegt, wenn sie den Mund aufmacht.

„Ja, ja“, murmelt Alina, „alles in Ordnung. Wir sind gleich fertig.“

Jaana entfernt sich wieder. Aber die Situation ist entschärft. „Glaub ja nicht“, sagt Bobo warnend, „dass du hier irgendeine Extramasche aufziehen kannst. Hier ziehen alle an einem Strang. Pertti hat uns das erklärt.“

„Interessiert mich nicht“, sagt Alina.

Bobo lässt nicht locker: „Wenn einer Scheiß baut, müssen die anderen dafür mitbüßen. Verstehst du? Das ist der Trick. Wir müssen jetzt morgens um fünf aufstehen statt um sechs. Hat dir das schon jemand gesagt?"

„Mir sagt keiner was, ich weiß bis jetzt bloß, wo ich schlafe."

„Dann sag ich es dir: Fünf Uhr aufstehen, arbeiten bis halb sieben. Frühstück. Arbeiten bis zwölf. Halbe Stunde Pause. Essen. Arbeiten bis sechs. Im Winter ist es dann schon tiefe Nacht. Danach zwei Stunden Freizeit. Licht ausmachen."

Alina sagt nichts. Sie arbeitet stumm weiter.

„Wenn du tust, was sie dir sagen, dürfen wir vielleicht irgendwann bis sechs morgens schlafen."

„Wieso, ich mach doch nichts. Ich bin doch ganz ruhig."

Bobo mustert sie feindselig. „Das möchte ich dir auch geraten haben."

Jaana kommt in die Küche zurück. Sie hat wohl nichts gehört. Jaana wirft einen Blick auf das gespülte Geschirr.

„Nachher muss die Küche gewischt werden", sagt sie. „Eimer und Schrubber sind in der Kammer. Alina, hier ist deine Bettwäsche, die Handtücher. Ordentlich damit umgehen. Baumwolle ist teuer. Hier ist alles teurer als in Deutschland. Bobo, du kannst raus zu Pertti. Der sagt dir, was es zu tun gibt."

„Okay, okay", knurrt Bobo.

Alina wundert sich, dass Bobo auf einmal so brav ist. Vielleicht hat Pertti schon ein paar Takte mit denen geredet, denkt sie. Vielleicht krieg ich auch noch eine Gehirnwäsche.

„Und du kannst dann auch raus“, sagt Jaana. „Du bist in den Kälberstall eingeteilt.“

„Ich verstehe nichts von Tieren“, sagt Alina.

„Magst du keine Tiere?“

Alina muss das Besteck in die Schublade einräumen. Sie tut alles mechanisch. Sie ist plötzlich todmüde. Heute Nacht werde ich ins Bett sinken wie ein Stein, denkt sie.

„Magst du keine Tiere?“, fragt Jaana noch einmal. Ihr Gesicht ist streng, aber nicht wirklich unfreundlich. Alina fragt sich, ob Pertti und Jaana Kinder haben. Sie fragt sich, wie zwei Menschen auf die Idee kommen straffällige Jugendliche aus Deutschland aufzunehmen. Dann wird ihr klar, dass man die beiden dafür bezahlt. Und schon überlegt Alina, was sie wohl an ihr verdienen. Sie setzt sich hin, legt die Hände in den Schoß.

„Was ist?“, fragt Jaana.

„Ich frage mich gerade, ob ihr dafür bezahlt werdet, dass wir hier arbeiten.“

Jaana dreht sich zu ihr um. Ihr Gesicht ist ganz ruhig. Sie mustert Alina. „Ja“, sagt sie, „wir bekommen Geld vom Sozialamt in Deutschland.“

„Das ist ja eine klasse Idee“, sagt Alina. „Woanders muss man Leute dafür bezahlen, dass sie die Arbeit machen.“

„Das sind auch andere Leute“, sagt Jaana, „nicht welche, die Drogen nehmen, klauen, einbrechen, kaputt sind. Hast du eine Ahnung, wie kaputt manche von den Kids sind, die hierher kommen?“

Alina hebt die Schultern. Sie hat in Berlin genug gesehen. Sie würde nichts mehr wundern.

„Wenn es Leute wie uns nicht gäbe", sagt Jaana, „dann müsstet ihr alle in eine geschlossene Einrichtung."

„Ist das hier keine?"

„Nein", sagt Jaana ruhig. „Alle, die hierher kommen, kommen freiwillig."

„Ich nicht", sagt Alina. „Das war Judiths Idee. Die hat sich richtig krumm gelegt, damit ich hierher kann. Ich frage mich, wieso?"

„Vielleicht fragst du das in einem Jahr nicht mehr."

Alinas Herz bleibt stehen.

„Was?", fragt sie. „In einem Jahr? Soll ich etwa ein ganzes Jahr hier bleiben?"

„Natürlich", sagt Jaana. „Was denkst du? Nur für die Ferien? Dies ist jetzt dein neues Zuhause."

Sie hören Schritte. Jemand nähert sich über den Flur. Es ist Pertti. Er bleibt in der Tür stehen, schaut sich um.

„Ist sie fertig?", fragt er.

Jaana nickt.

„Dann soll sie mitkommen. Ich zeige ihr den Kälberstall."

Alina hängt das Geschirrtuch über die Stange. „Wo ist Bernd?", fragt sie.

„Der schläft."

„Ich bin auch müde."

„Das ist gut", sagt Pertti ungerührt. Er nimmt einen Becher, dreht den Wasserhahn auf, lässt Wasser hineinlaufen, trinkt. Er wischt sich den Mund ab. „Wir haben zwanzig Mastkälber in einem Laufstall", sagt er, „und vier kleine Kälber in Boxen. Die müssen gefüttert und getränkt werden, der Stall ausgemistet, bei gutem Wetter müssen sie auf die Weide getrieben werden und so weiter. Dafür bist du zuständig."

„Ich will mit Bernd sprechen."

„Wenn irgendein Kalb krank wird wegen schlechter Pflege", fährt Pertti ungerührt fort, „kriegst du Ärger, großen Ärger. Kälber sind Lebewesen, die man mit Respekt behandelt."

„Und nachher isst man sie", sagt Alina.

Pertti stellt den Becher ab. „Am besten gehen wir gleich raus, sonst schaffst du heute die Arbeit nicht. Der Stall ist seit drei Tagen nicht ausgemistet worden. Ich schätze, heute hast du so viel zu tun, dass du keine Pause machen kannst."

„Ich will mit Bernd sprechen", sagt Alina noch immer, als sie den Hof überqueren. „Wo ist sein Zimmer?"

„Du hast jetzt keine Zeit dafür", sagt Pertti nur.

Alina weiß, es hat keinen Sinn weiterzubohren.

Pertti deutet auf den Kälberstall. „Du brauchst hohe Gummistiefel, wenn du den Mist rausfährst", sagt er. „Trotzdem läuft einem die Jauche manchmal in die Stiefel. Morgen kannst du die Jauchegrube klarmachen."

„Ich mach hier gar nichts klar." Alina wird plötzlich wütend. So schnell gibt sie nicht auf. „Ich fahr mit Bernd zurück."

Pertti bleibt stehen. Er verschränkt die Arme über der Brust, legt den Kopf schief und schaut Alina an. „Hast du es immer noch nicht begriffen? Du bleibst hier. Und zwar nicht, weil wir dich bestrafen, sondern weil dies deine letzte Chance ist, dich an ein geregeltes Leben mit Pflichten und Verantwortung zu gewöhnen."

„Das kann ich auch zu Hause."

Pertti beugt sich vor, fixiert sie. „Zu Hause? Wo denn? Bei deinen Eltern? In Berlin auf der Straße? Unter Junkies? Wo ist dein Zuhause?"

Als Pertti die schwere Stalltür aufzieht, fangen alle Kälber sofort an zu muhen. Riesige dunkle feuchte Augen schauen Alina an. Über den Köpfen der Tiere steht Dampf. Es riecht nach nassem Fell und Kuhscheiße, aber es ist warm im Stall, und der Geruch gefällt Alina irgendwie. Zum ersten Mal, seit sie von zu Hause fort ist, zum ersten Mal in diesem anderen Leben, das sie führt, huscht ein richtiges Lächeln über ihr Gesicht.

Sie geht auf ein Kalb zu und spürt, wie die feuchte Schnauze über ihre Handfläche streicht. Die anderen drängen neugierig näher.

„Na Leute", sagt Alina, „wie geht's, alles okay?"

Sie fängt einen nachdenklichen Blick von Pertti auf, aber das ist ihr egal. Er deutet mit dem Kopf in die Milchkammer. Dort, wo die ganzen Melkmaschinen hängen, Schemel, Gummischürzen.

„Da sind noch zwei Paar Gummistiefel, die keinem gehören. Kannst dir ein passendes aussuchen. Frag Jaana nach einem Overall. Wenn man zwischen diesen Halbstarken arbeitet, ist man im Nu von oben bis unten verdreckt."

Alina schaut Pertti an. „Okay."

Pertti zieht die Augen zu einem schmalen Schlitz. Sein Blick gleitet über Alinas Gesicht, über Alinas Kopf.

„Der Mist kommt in die Karre da drüben. Ich mach die Tür zum Misthaufen auf. Aber Vorsicht, das geht über eine glitschige Rampe."

14

Alina zählt die Tage nicht mehr. Jeden Morgen, ob Alltag oder Sonntag, steht sie um fünf Uhr auf, steigt in ihren blauen Overall, setzt sich eine Wollmütze auf den kahlen Kopf, zieht im Flur die Gummistiefel an, die sie am Vorabend unter einem Wasserhahn geschrubbt hat, und geht in den Kälberstall.

Füttern, ausmisten, tränken, Hufe kontrollieren kranke Kälber aussondern, Fenster sauber spritzen mit einem Wasserschlauch, die Mistkarre sauber machen, den Gully in der Jauchegrube frei schieben.

Sie hat zwei neue Kälber bekommen. Sie sind zehn Tage alt und müssen mit der Flasche großgezogen werden.

Seitdem steht sie auch in der Nacht einmal auf, geht mit der Taschenlampe in die kleine Baracke, in der sie mit Pertti einen Verschlag für die beiden Kälber gebaut hat, und gibt ihnen die Flasche. Die Milch wird verdünnt, erwärmt, abgefüllt in große Babyflaschen mit einem Schnuller, in den Pertti mit einem glühenden Draht ein großes Loch gebrannt hat.

Die Kälber drängen sich freudig an Alina, wenn sie kommt. Sie suchen Schutz und Wärme.

Alina hat von Jaana einen Wecker bekommen, damit sie nicht verschläft.

In den ersten Tagen ist sie halb ohnmächtig gewesen vor Müdigkeit, aber jetzt geht es besser. Wenn sie zum Frühstück kommt, sind die anderen immer schon fertig. Das Tränken der Kälber braucht Zeit. Das kleine Kalb, mit den großen Flecken, das sie Mucki getauft hat, trinkt besonders langsam.

Außerdem hustet Mucki. Pertti hat ihr schon Hustensaft gegeben, aber den mag Mucki nicht. Sie spuckt ihn wieder aus. Alina muss Muckis Kopf zurückbiegen und so lange festhalten, bis der Saft durch die Speiseröhre hinuntergerutscht ist. Sie wundert sich, dass Mucki nicht scheu wird dabei, dass sie immer noch so viel Vertrauen zu ihr hat.

Imken fährt jeden Morgen mit Pertti raus. Sie müssen die Feldwege mit Steinen ausbessern, die im Frühjahr von den Feldern gesammelt wurden. Das ist eine harte Arbeit. Imkens Hände sind aufgesprungen und der Rücken tut ihr weh. Sie hasst die Arbeit, aber Pertti sagt, dass sie getan werden muss. Sonst sinken die Traktoren irgendwann im Morast ein.

Die Nächte sind immer noch kalt, und über dem Misthaufen steht eine weiße Dampfwolke.

Bernd ist abgereist.

Er hat ihnen noch einen langen Vortrag gehalten.

Alina hatte das Gefühl, dass keiner hinhört. Alle sind immer müde. Abends starren sie auf den Fernseher, der finnische Sendungen bringt. Keiner versteht ein Wort. Das ist ein Trick, sagt Bobo, damit wir gleich abschalten.

Bobo muss Koppelzäune reparieren. Nächste Woche, wenn sie fertig sind, sollen die Tiere wieder raus, auch nachts. Dann gibt es weniger Arbeit für Alina.

Einmal ist Imken abgehauen mit einem Mann, der Tierfutter gebracht hat. Sie ist zu ihm in den Laster geklettert und hat sich versteckt.

Der Mann hat sie gefunden, als er in der nächsten Stadt tanken wollte. Pertti sagt, sie hätte sogar mit ihm geschlafen, damit er den Mund hält, aber Imken bestreitet das.

Imken bestreitet auch, dass sie auf der Suche nach Stoff war. Sie sagt, sie sei clean.

Aber Alina weiß, dass das nicht stimmt. Es wird noch lange dauern, bis Imken wirklich clean ist.

Alina ist es egal. Sie redet nicht viel mit den anderen. Sie muss sich um ihre Kälber kümmern.

Heute hat sie den blonden Jungen wieder gesehen. Den Traktorfahrer.

Sie stand gerade mit der Forke oben auf dem Mist, als ein dunkelgrüner Volvo auf den Hof fuhr. Am Steuer eine Frau, die Alina noch nie gesehen hatte, ziemlich elegant gekleidet. Sie sah aus wie frisch vom Friseur. So eine Erscheinung hatte Alina seit Wochen nicht zu Gesicht bekommen.

Dann stieg der blonde Junge aus. Er schaute zu ihr rüber. Alinas Gesicht überzog sich mit Schamröte. Das ärgerte sie und sie wandte sich ab.

Als sie wieder hinsah, war der Junge im Haus verschwunden. Die Frau auch.

Jetzt sitzt er mit am Tisch. Jaana und die Frau sind im Wohnzimmer, wo Alina und die anderen nichts zu suchen haben.

Der Junge stellt eine Schüssel mit Schmalzgebäck auf den Tisch. Er lächelt in die Runde und sagt: „Guten Appetit."

Alina muss ihn immer ansehen.

Er erinnert sie an einen von den Backstreet Boys. Für den hat sie mal geschwärmt, als sie noch zur Schule ging. In ihrem anderen Leben.

Es ist komisch, so einen jetzt zu sehen, leibhaftig. Wenn er zu ihr rüberschaut, senkt sie den Kopf und macht ein trotziges Gesicht.

„Das ist unser Sohn Erik", sagt Pertti. „Er geht auf das Gymnasium in Kajaani." Bobo und Markus beachten ihn gar nicht.

„Wo ist das denn?", fragt Imken. Sie lächelt Erik an. Alina ist sauer, dass sie sich so an Erik heranwanzt. Sie legt die Arme auf den Tisch und löffelt ihren Kaffee aus dem Becher. Sie schlürft, obwohl sie weiß, dass die anderen das stört.

Erik tut, als merke er es nicht. „Ungefähr zweihundert Kilometer", sagt er.

„Und wie lange fährst du da?", fragt Imken.

Mein Gott, denkt Alina, die hat Fragen.

„Mit dem Zug sind es fünf Stunden, weil man einen Umweg fahren muss. Mit dem Auto dauert es noch länger. Zwischen Kuusana und Kajaani sind mindestens hundert kleine Seen, alles Naturschutzgebiet. Im Winter ist es schlimm. Da gibt es Schneewehen und man muss manchmal stundenlang den Weg freischaufeln."

„Ich kann schon, aber ob ich auch will?", feixt Bobo. Er unterhält sich mit Markus und hört gar nicht zu, was die anderen reden.

„Mann", lacht Markus. „Sex ist doch das Einzige, was auf diesem Kackplaneten zählt."

„Hört auf damit." Pertti wirft Markus einen warnenden Blick zu.

„Aber es ist doch so", beharrt Markus. „Sex und Gewalt. Das ist das einzige, was zählt. Guck dir an, was so abläuft überall. Der ganze Planet besteht aus Geilheit."

„Okay, okay." Pertti seufzt. „Ich glaube, wir haben verstanden, was ihr meint. Dann wird Erik euch erzählen, dass es daneben noch was anderes gibt."

Erik steht auf. „Ich glaub nicht, dass ich dazu Lust habe." Er sagt zu seinem Vater etwas auf Finnisch. Alina wüsste gerne, was er sagt. Sie hätte überhaupt gerne, dass sich Erik wieder hinsetzt und weiterredet, dass sie ihn einfach beobachten kann und ihm zuhören. Das wäre gut. Endlich mal was anderes als das Gelaber von Bobo und Markus.

„Komm, setz dich wieder", sagt Pertti streng. „Du hast gute Geschichten drauf über die Schule, das weiß ich.

Die vier hier wissen überhaupt nicht mehr, was das ist. Die sehen Schulen nur noch von außen."

„Wenn überhaupt", sagt Bobo stolz.

Erik setzt sich wieder. Er lächelt Alina verlegen an.

„Ich habe manchmal auch keinen Bock auf Schule."

„Aber du schwänzt trotzdem nicht", sagt Pertti.

„Nein, weil Tante Arja mir sonst die Hölle heiß machen würde."

Markus grinst. „Ist doch schön, wenn der Arsch richtig heiß wird."

„Halt endlich den Mund, Markus", knurrt Pertti. Er schließt die Augen. Alina spürt, dass seine Geduld fast am Ende ist. Markus spürt es wahrscheinlich auch, denn jetzt hält er sich zurück und starrt gegen die Decke, als habe er nicht mehr vor sich an der Unterhaltung zu beteiligen.

Die elegante Frau ist also seine Tante Arja, bei der er wohnt, denkt Alina. Sie saugt jede Information in sich auf, während sie gleichzeitig so tut, als höre sie gar nicht hin.

Sie hat ihren Turnschuh ausgezogen und flickt den Schnürsenkel. Hier gibt es ja nicht einmal neue Schnürsenkel, man muss alles flicken.

Pertti hat versprochen einmal mit ihnen nach Kuusana ins Kino zu gehen, wenn sie gute Arbeit geleistet haben. Seit Wochen schuften sie nur, aber weil Imken abgehauen ist, hat es sie alle wieder zurückgeworfen.

Alina hasst Imken dafür.

„Erzähl ihnen, was du später werden willst."

Erik lacht. „Das interessiert doch keinen."
„Doch", sagt Imken, „mich interessiert das sehr."
Lügnerin, denkt Alina.
Erik will später Arzt werden. Er will oben in Lappland arbeiten, als *flying doctor.* Das sind Ärzte, die eine kleine, zweimotorige Piper haben und mit diesem Flugzeug von einem Dorf zum anderen fliegen, und überall gibt es kleine Krankenstationen, die einmal in der Woche angeflogen werden. Besonders schwere Fälle bringen sie ins Krankenhaus nach Inari. Für das Krankenhaus arbeiten ein Dutzend *flying doctors.*
„Oh", sagt Imken, „toll." Sie verdreht die Augen.
Erik zuckt mit den Achseln. „Na ja", sagt er.
Dann wird die Schüssel mit dem Schmalzgebäck herumgereicht. Es ist süß und klebt an den Zähnen.
Alina zieht den Turnschuh wieder an und steht auf. Erik schaut sie an, aber sie blickt an ihm vorbei.
„Was ist, Alina?", fragt Pertti. „Schon satt? So was Gutes gibt es so schnell nicht wieder."
„Ich muss nach Mucki sehen." Alina steht auf und schiebt ihren Stuhl an den Tisch heran.
Bobo zieht gelassen die Schüssel zu sich hin. „Wieso pennst du nicht gleich bei deinen Viechern? Du stinkst eh schon so wie sie."
Alina hebt die Schultern. „Gute Idee. Die Tiere riechen sowieso besser als ihr."
„Wenn du Probleme hast mit Mucki", ruft Pertti ihr nach, „sag Bescheid, ja?"
Alina antwortet nicht. Im Hausgang hört sie, wie Mar

kus zu Bobo sagt: „Komisch. Hast du nicht neulich gesagt, dass du Kuhscheißegeruch geil findest?"

Am Abend, als Alina es in ihrem Zimmer nicht aushält, geht sie noch einmal in den Hof. Sie schaut in den Himmel, der immer noch voller Licht ist. Dabei ist es schon nach zehn Uhr. Alina entdeckt einen klaren Stern direkt über der Scheune, wahrscheinlich ein Planet.

Zum ersten Mal, seit sie hier angekommen sind, ist es warm genug, dass man ohne gefütterten Anorak nachts draußen sein kann. Der grüne Volvo parkt immer noch vor dem Haupthaus. Vielleicht bleibt Tante Arja über Nacht.

Und Erik auch. Sie hätte ihn gerne gefragt, wie lange er bleibt. Vielleicht nur übers Wochenende. Dass heute Samstag ist, weiß sie, weil sie eigentlich morgen ins Kino wollten. Aber das hat Pertti wieder abgesagt. Das ist seine Methode, alle immer wieder kleinzukriegen: Mit einer Belohnung locken und sie dann im letzten Augenblick zu verweigern.

Irgendwann, denkt Alina, hau ich einfach ab und geh allein ins Kino.

Sie stellt sich vor, wie das wäre, in diesen grünen Volvo zu steigen und einfach abzufahren. Sie schlendert zu dem Auto hin. Es ist abgeschlossen, die Scheiben sind hochgedreht. Sie versucht, durch die getönten Fenster zu sehen. Helle Ledersitze. Ziemlich vornehm.

Sie geht um das Auto herum, dabei späht sie verstohlen nach den Fenstern.

Sie weiß nicht, worauf sie wartet. Irgendetwas, denkt sie, passiert heute Nacht.

Aber was?

Da, auf einmal, hört sie den Schrei. Ein hoher schriller Schrei, wie in Todesangst. Er kommt aus dem Kälberstall.

Alina rennt. Sie rennt über den Hof. Die Stalltür ist von innen verbarrikadiert. Irgendjemand muss einen Bolzen von innen durch den Riegel geschoben haben.

Wieder ertönt ein fürchterlicher Schrei. Und dann ein heiseres Lachen. Das Lachen von Bobo. Oder Markus.

Und dann das aufgeregte, verängstigte Muhen der Tiere. Und wieder das Lachen der beiden.

Alina trommelt mit den Fäusten gegen die Stalltür. „Bobo! Markus! Was macht ihr da! Lasst mich sofort rein!"

Aber die beiden hören Alina nicht. Die Tiere sind zu laut, zu panisch.

Alina springt, versucht in den Stall zu schauen. Aber die Fenster sind von außen verdreckt, und außerdem liegen sie zu hoch.

Sie läuft um den Stall herum, klettert mit ihren weißen Turnschuhen über den feuchten, warmen Mist, sinkt ein bis zu den Knien, rappelt sich auf und kriecht auf der Jauche bis zu der Schiebetür, gegen die sie die Mistkarre und die Mistgabeln gelehnt hat. Sie räumt in fliegender Eile alles weg, schiebt die Tür einen Spalt auf.

Drinnen ist es dunkel. Nur durch die Fenster dringt ein wenig Licht.

Sie kann kaum etwas erkennen.

Die Tiere drängen sich ängstlich in eine Ecke. Vierzig Tiere, und sie kennt jedes Einzelne.

Dann schaut sie in die andere Ecke.

Da stehen Bobo und Markus. Bobo hält ein Kalb, das sich verzweifelt wehrt, mit einem Strick, während Markus versucht, dem Kalb einen dicken Pfahl in den Unterleib, durch die Scheide oder den After zu treiben …

Alina kann es nicht richtig erkennen. Das Blut schießt in ihren Kopf.

Sie sieht die verzerrten Gesichter der beiden Jungen, das zu Tode geängstigte Kalb, sie hört den Schmerzensschrei, sie nimmt die Mistgabel und stolpert damit in den Stall, über das Stroh, das sie am Abend noch einmal frisch eingestreut hat. Die anderen Kälber erkennen sie und drängen zu ihr hin, rennen sie fast um, aber sie stürzt mit der Mistgabel auf Bobo und Markus zu und schreit: „Lass das Tier los! Lasst das Tier los!"

Bobo sieht sie als Erster. Er lässt das Kalb los. Das bricht sofort in die Knie, stöhnt mit aufgerissenem Maul. Schaum fliegt aus den Lefzen.

Markus begreift etwas später. Der Pfahl steckt immer noch im Leib des Tieres. Selbst, als es zusammenbricht, hält er den Pfahl immer noch fest. Das Kalb schreit immer schlimmer.

Aber Alina schreit noch lauter. Sie hält die Mistgabel vor sich.

„Pass auf!", brüllt Bobo warnend.

Da erst sieht Markus sie. Endlich lässt er den Pfahl fallen. Markus steht da, das Kalb windet sich auf dem Boden.

Jetzt erst sieht Alina, dass Markus seine Hose heruntergelassen hat. Sie ringelt sich um seine Beine. Er steht da, die rechte Hand um seinen Penis. Er hat glasige Augen und wirkt, als sei er mit Drogen voll gepumpt.

„Was will die Tussi denn hier ...", stammelt er. „Wieso ..." Markus onaniert vor ihren Augen.

Alina stößt ihn zur Seite, er taumelt, fällt hin, stöhnt.

„Zieh dich an", schreit Bobo. „Mann, komm zu dir! Wir müssen hier weg!"

Alina stürzt zu dem Kalb. Es ist Mucki. Mucki hat die Augen verdreht, Schaum vorm Maul und stöhnt vor Schmerzen.

„Mucki", schluchzt Alina, „o Mucki ..."

Markus hat mühsam seine Hose hochgezogen und zugeknöpft. Er stolpert hinter Bobo ins Freie.

Alina kann vor Tränen nichts sehen. Sie streichelt den Kopf des Kalbs.

„Mucki", flüstert sie, „bleib liegen, ja? Ich hol Hilfe, ich hole Pertti ..."

Aber da hebt Mucki den Kopf, will sich aufrichten und stößt sich damit den Holzpfahl noch tiefer in die Scheide.

Alina begreift, dass sie Mucki nicht allein lassen kann, dass sie es selber tun muss, dass sie Mucki von ihren Qualen befreien muss, jetzt sofort. Auch wenn das über ihre Kräfte geht. Sie beißt die Zähne zusammen, wischt sich mit dem Ellenbogen über die Augen, die blind vor Tränen sind. Dann greift sie entschlossen den Holzpfahl und zieht in vorsichtig heraus. Er ist voller Blut.

Das Kalb stöhnt, aber es hebt den Kopf und will ihre Hand lecken. Alina heult. Die Tränen eines ganzen Lebens brechen hervor. Sie umarmt das Kalb, hilft ihm auf die Füße. Es zittert, hat Schaum vor dem Maul. Alina drückt ihren Kopf an seinen Hals. Sie sieht, wie die Tiere voller Panik durch die offene Stalltür drängen, durch die Jauchegrube, über den Misthaufen, wie sie alle wie von Sinnen davonpreschen. Sie hört nur das Trampeln und Stampfen, das Keuchen der Tiere.

Alina lässt das Kalb los. Sie ist außer sich. Nie hatte sie solche Wut und gleichzeitig solche Angst.

Sie rennt hinter den Tieren her, versucht sie festzuhalten, am Schwanz zu ziehen, an den Ohren, aber die Tiere reagieren nicht. Sie wollen fliehen. Alle. Vierzig Kälber drängen durch die schmale Öffnung ins Freie, und mitten unter ihnen Alina, geschoben, gequetscht, gedrängt.

Die Kälber rennen kopflos davon, nicht über den Hof, sondern hinten über die Hauskoppel, die gerade einen neuen Zaum bekommen soll. Imken und Pertti wollten morgen damit fertig sein. Von dort durch den kleinen Kiefernwald. Und dann hinunter zum Fluss. Ich muss ihnen den Weg abschneiden, denkt Alina, sie dürfen nicht zum Wasser. O Gott, wieso kommt denn keiner? Sie ruft um Hilfe, aber das geht unter im Geschrei der Herde. Sie rennt. Zweige schlagen ihr ins Gesicht. Die spitzen Kiefernnadeln stechen durch ihren Pullover, zerkratzen ihre Haut. Ihre Füße quatschen in der Jauche, die sich in ihren Schuhen gesammelt hat.

Die Kälber haben keine Ahnung, wohin sie laufen.

Nicht zum Fluss, denkt Alina, nur nicht zum Fluss.

Pertti hat erzählt, wie einmal eine ganze Herde dort ertrunken ist. Aber das war im Herbst, bei dem großen Brand, von dem Pertti und Jaana erzählt haben. Als die Scheune brannte, haben sie die Tore aufgerissen und die Kälber nach draußen getrieben. Sie haben nicht gedacht, dass die Tiere in ihrer Panik die Elektrozäune einreißen und genau zum Wasser hinunterstürmen würden …

Alina schafft es nicht. Als sie den Fluss erreicht, ist das erste Kalb schon im Wasser. Es reicht ihm bis an den Bauch. Das Tier glotzt ganz verdutzt. Es schreit.

Alina läuft hinterher. Das Wasser ist kalt. Höchstens zwölf Grad, vielleicht kälter. In der Mitte des Flusses treiben geschälte Holzstämme vorbei. Ein Stamm hat sich am Ufer verfangen, er ist verkeilt mit einem zweiten Stamm. Alina klettert hinauf, versucht ihn zum Kalb zu dirigieren. Es ist die Richtung, in der der Fluss fließt, es müsste gelingen.

Alina rudert mit den Armen, kommt dem Kalb näher, immer näher.

„Bleib stehen!“, ruft sie beschwörend. „Lauf nicht weg!“

Aber das Kalb hört nicht auf sie. Hat keinen Verstand mehr. Ist besinnungslos vor Angst. Als der Stamm sich nähert, dreht es ab und rennt weiter in den Fluss hinein. Und Alina rudert ihm hinterher.

Da hört sie Rufe vom Ufer.

„Komm zurück! Das ist gefährlich!“

Sie schaut hin. Jemand schwenkt eine Lampe, beleuchtet sie.

„Ein Kalb ist im Wasser!“, kreischt Alina. Sie weiß nicht, wer da steht. „Es ertrinkt! Hilf mir!“

„Okay, warte.“

Alina hat das Kalb am Ohr erwischt. Sie versucht mit einem Arm gegen die Strömung zu rudern. Sie ist nur schwach. Aber das Kalb ist bis zum Hals im Wasser, vielleicht schwimmt es schon.

Können Kälber überhaupt schwimmen?

Alina sieht den flackernden Lichtschein der Lampe, mal hier, mal da. „Bleib ruhig!“, ruft die Stimme. Jetzt erkennt sie sie: Es ist Eriks.

„Ich hab ein Floß!“

„Ich kann das Kalb nicht mehr halten!“, keucht Alina.

„Dann lass es los!“

„Nein!“, schreit Alina. „Es darf nicht ertrinken! Ich will nicht, dass es stirbt!“

Plötzlich spürt sie, wie das nasse Ohrenfell aus ihren Fingern rutscht. Sie ist nicht kräftig genug. Im nächsten Augenblick treibt das Kalb weg, den Kopf immer noch erhoben, dann verschwindet es um eine kleine Ausbuchtung, hinter einem Busch.

„Es ist weg!“, kreischt Alina.

„Warte, ich komme schon.“

Alina dreht sich um. Im gleichen Augenblick verliert sie den Halt und rutscht an dem glatten Holz herunter. Sie versinkt. Sie bekommt keine Luft.

Sie sieht den Baumstamm, sieht noch etwas, eine

Hand. Sie greift danach. Sie hustet und spuckt. Sie kann nicht mehr klar denken.

„Festhalten!", schreit Erik. Das Licht der Taschenlampe tanzt am Himmel. Mehr kann sie nicht sehen.

Aber sie hält fest. Sie spürt Eriks zweite Hand. Ein fester, schmerzhafter Griff.

Er zieht sie hoch. Ihr Körper schrammt an den scharfen Kanten des Floßes entlang. Bis zum Bauch liegt sie auf dem Floß, aber ihre Beine hängen immer noch im Wasser.

Baumstämme. Überall Baumstämme um sie herum.

„Ich kann nicht mehr", flüstert Alina, „lass mich los. Ich kann nicht."

„Verdammt, streng dich an! Du hast es gleich geschafft!"

Alina strengt sich an. Aber sie weiß nicht, warum sie das tut. Sie könnte sich ebensogut in das schwarze Wasser fallen lassen. Nur noch ein, zwei Minuten, dann wäre sie tot. Und alles vorbei. Endgültig aus.

Sie spürt, wie jemand sie ohrfeigt, rechts, links, rechts, links. Ihr Gesicht brennt.

Sie hebt schützend die Arme an den Kopf.

„Nicht ohnmächtig werden!", schreit Erik. „Wach bleiben!"

Sie liegt auf dem Floß, in ihren nassen Kleidern. Sterne am Himmel, sie sieht ganz viele Sterne. Schwarzer Wald am Ufer.

Erik versucht mit einer Stange die Baumstämme wegzuschieben.

„Wir treiben in die Flussmitte“, schreit er. „Verdammte Scheiße. Ich komm nicht ans Ufer zurück.“

„Was soll ich machen?“ Alina kriecht zu ihm hin.

„Halte die Stange. Ich geh ins Wasser. An manchen Stellen ist es flach. Vielleicht kann ich die Richtung ändern.“

„Ist das nicht zu gefährlich?“

Erik antwortet nicht. Er gibt ihr die Stange. Er zieht sich aus, rollt seine Sachen zu einem Bündel zusammen und lässt sich vom Floß gleiten, vorsichtig, langsam, die Hände aufgestützt.

„Ist da Grund?“, fragt Alina.

„Ich glaube nicht.“

„Dann komm zurück!“

„Nur ein Versuch.“

Erik rutscht tiefer ins Wasser. Er sieht nicht den Holzstamm, auf den sie zutreiben. Es ist eine ganze Reihe von Stämmen, die mit Eisenklammern aneinander befestigt sind. Sie treiben direkt darauf zu.

„Erik!“, schreit Alina.

Aber da ist es schon passiert. Erik versucht noch, sich mit einem Klimmzug hochzuziehen, aber die Baumstämme donnern gegen sein linkes Bein, klemmen es fest. Erik wirft den Kopf zurück. Er ist leichenblass.

„Schieb das Floß weg“, stöhnt er.

„Wie denn? Wie denn?“, schreit Alina.

„Mit der Stange. Schieb es weg!“

Mit so einem Ungetüm, zwanzig Meter lange Baumstämme wegschieben, ein Mädchen, vierzehn Jahre alt, unsportlich – wie soll das gehen?

Alina rammt die Stange in die Spalte zwischen den Stämmen und drückt mit allerletzter Kraft. Sie weiß nicht woher sie die auf einmal nimmt. Aber das Floß bewegt sich weg, Zentimeter für Zentimeter.

„Noch ein bisschen!", keucht Erik. „Nicht nachlassen. Du schaffst es. Du schaffst es."

Alina rauscht das Blut in den Ohren. Sie denkt, ihr Kopf platzt.

Aber sie gibt nicht auf.

Plötzlich ist Eriks Bein frei. Er zieht sich nach oben, rollt sich auf das Floß und bleibt einfach so liegen, reglos.

Alina beugt sich über sein Gesicht. „Erik?"

„Du hast mir das Leben gerettet", flüstert Erik. Er wendet den Kopf, um sie anzusehen. Aber es ist zu dunkel. Man sieht nichts mehr. Auf einmal ist um sie herum nur Nacht.

„Was ist mit der Lampe?", murmelt Erik.

„Die ist ins Wasser gefallen."

Sie treiben mitten auf dem Fluss. Alina hat die Eisenstange in der Hand, bereit, jeden Baumstamm, der sich nähert, wegzuschieben.

Erik rührt sich nicht. Alina sieht, wie über ihr die Sterne explodieren. Sie spürt keinen Schmerz, keine Kälte, keine Angst. Sie hat keinen einzigen Wunsch.

Sie treiben in einer mondlosen Nacht auf einem schwarzen Fluss. Erik und sie.

Vielleicht ist so das Ende der Welt.

15

Als das Morgenlicht kommt, treibt das Floß zwischen Hunderten von Baumstämmen auf einen riesigen See zu. Schwarze Kiefern ringsherum. Mücken tanzen über dem Wasser.

Alina hält immer noch wie erstarrt die Eisenstange in der Hand. Dabei kann sie schon lange nichts mehr gegen die Holzstämme ausrichten. Kann die Richtung nicht bestimmen, in die sie treiben.

Erik hat sich die ganze Nacht nicht bewegt.

Jetzt, wo das Licht langsam zurückkommt, hebt er den Kopf. Er rutscht näher an Alina heran.

„Hast du mich zugedeckt?“, fragt er.

Alina nickt. „So gut es ging.“

„Danke“, sagt Erik.

Sie antwortet nicht. Sie schaut auf sein Bein. Es ist voller Blut. Eine offene Wunde.

Erik sieht es im gleichen Moment. Aber er lässt sich nichts anmerken. „Das ist nicht schlimm“, sagt er.

„Du musst es abbinden.“

„Hab ich schon.“

„Wie denn?“

Erik zieht den Anorak weg und zeigt auf eine dünne Schnur, die unter dem Knie eine Kerbe ins Bein schneidet.

„Mit der Angelschnur in meiner Tasche. Ich war angeln, als du mit diesem Abenteuer angefangen hast."

Plötzlich erinnert sich Alina an das, was passiert ist.

„Alle Kälber sind ausgebrochen", sagt sie.

Sie erinnert sich auch an das, was Bobo und Markus getan haben.

Sie zittert. Ihre Zähne schlagen aufeinander.

Erik betupft mit seinem T-Shirt die Wunde. Dann hebt er den Kopf und blickt in den Himmel.

„Wird ein schöner Tag", sagt er. „Da steigen sie mit dem Heli auf."

„Was meinst du?"

„Einen Helikopter", sagt Erik. „Von der Holzfabrik. Sie machen immer Kontrollflüge, um zu sehen, ob das Holz sich nicht verkeilt. Manchmal müssen sie sogar sprengen, um es wieder flottzukriegen."

Erik zieht den Anorak an. Er zittert. Tastet mit den Händen die Taschen ab. „Irgendwo", sagt er, „hatte ich eine Packung Kekse. Hast du auch Hunger?"

Alina sagt nichts.

„Das Wasser kann man trinken hier im See. Das ist gut", sagt Erik. „Davon wird man nicht krank."

„Du bist ja schon krank", sagt Alina.

„Und du?"

Die beiden schauen sich an.

„Was ist passiert?", fragt Erik.

„Wann meinst du?"

„Ich weiß nicht. Gestern Nacht, vor einer Woche, einem Monat, einem Jahr. Was ist passiert, dass du hier bist?"

Alina schaut in den Himmel, sie zieht die Beine an den Körper, macht sich ganz klein, damit sie nicht so friert. Langsam und lautlos gleiten sie über einen See, von dem es keinen Anfang und kein Ende gibt, unter einem Himmel, über den nicht eine einzige Wolke segelt.

„Heute Morgen", sagt Alina, „als das Licht kam, hab ich gedacht, ich bin tot, und dies ist das Paradies."

Erik lächelt. „Im Paradies hat man keinen Durst und keinen Hunger. Da ist man wunschlos glücklich. So wie du, wenn du bei den Kälbern bist."

Alina schaut ihn an. „Woher willst du wissen, ob ich da wunschlos glücklich bin?"

„Ich kann in deinem Gesicht lesen. Mein Vater sagt, du kannst gut mit Tieren umgehen. Er sagt, du bist die Beste von allen, die er bis jetzt im Kälberstall hatte. Woher weißt du so viel über Tiere?"

„Ich weiß nichts über sie."

„Hast du nie ein Tier gehabt?"

„Doch", sagt Alina, „eine Katze. Sie hieß Socks. Wie die Katze des amerikanischen Präsidenten. Aber das ist das Einzige, was die beiden gemeinsam haben."

„Wo ist sie jetzt?"

„Tot", sagt Alina. Sie schaut auf Eriks Wunde. „Das blutet immer noch."

„Nur ein bisschen. Sieh nicht hin."

„Aber es tut weh, oder?"

„Es gibt Schlimmeres." Erik hat die Kekse gefunden. Seine Jacke hat mindestens ein Dutzend Taschen. Er reißt die Packung auf und bietet sie Alina an.

„Nimm du zuerst“, sagt sie.
„Nein, du.“

Sie lächeln sich an. Alina nimmt einen Keks und beißt ein winziges Stückchen ab. „Man muss ganz langsam kauen“, sagt sie. „Vielleicht ist es für lange Zeit das Einzige, was wir zu essen haben.“

„Das will ich nicht hoffen“, sagt Erik.

Alina schaut auf das Ufer, das sich immer weiter entfernt. Es ist vollkommen windstill. Die Sonne ist über die Baumkronen gestiegen und wärmt jetzt schon ein wenig. Beide halten das Gesicht in die Sonne. Erik deckt seine Wunde ab.

„Wie ist deine Katze gestorben?“, fragt er.

„Mein Vater“, sagt Alina.

„Was? Wieso dein Vater?“

„Er ist nicht mein richtiger Vater, aber er hat sie umgebracht. Er macht so was immer. Er bringt alles um. Er zerstört alles. Macht alles kaputt. Kinder aus der Nachbarschaft haben sie mir gezeigt. Sie lag in der Mülltonne.“

„Und? Wieso hat er sie umgebracht?“

„Ich weiß es nicht. Ich hab ihn nicht gefragt.“

„Warum nicht?“

„Weil ich nicht mit ihm rede.“

„Du redest nicht mit ihm?“

Alina lehnt ihr Kinn auf das Knie und schaut auf das Wasser. Es glitzert golden im Sonnenschein. Die Sonne wärmt wunderbar. Alina möchte nicht an zu Hause denken, aber Erik fragt immer weiter. Und sie will mit ihm nicht so sein wie mit den anderen Menschen. Denen hat sie nie eine Antwort gegeben. Aber mit Erik ist es anders.

Hier ist es anders. So nah am Paradies. Oder am Tod?

Sie glaubt nicht, dass ein Helikopter kommt und sie rettet. Warum sollte er ausgerechnet über diesen See fliegen? Es gibt hier Hunderte, Tausende von Seen. Und sie sind nur zwei winzige Gestalten. Klein wie Stecknadelköpfe, von da oben. Der Himmel ist so still. Vollkommen still.

„Warum redest du nicht mit deinem Vater?"

„Ich sagte, er ist nicht mein Vater. Meine Mutter schläft mit ihm, mehr nicht. Er wohnt bei uns, mehr nicht. Ich spreche nicht mit ihm. Er interessiert mich nicht. Es gibt ihn nicht. Ich habe ihn vergessen. Können wir von etwas anderem reden?"

Erik schweigt. Er schaut Alina an. Sie knabbert langsam und bedächtig ihren Keks.

Die Sonne steigt und steigt. Immer mehr Mücken tanzen über dem Wasser. Alina schlägt mit der Hand nach ihnen.

„Die am Kopf stechen nicht", sagt Erik. „Das sind männliche Mücken. Nur die weiblichen stechen. Aber auch nur nachts. Jetzt musst du nicht nach ihnen schlagen. Das bringt nichts. Sie tun dir nichts. Du machst sie nur nervös."

„Woher weißt du das?"

„Wir Finnen werden zwischen Mückenschwärmen geboren", sagt Erik. „Heute Nacht, wenn der Heli uns noch nicht gefunden haben sollte, müssen wir uns zudecken."

Alina streckt sich aus. Ihre Füße sind völlig zerstochen. Ihre Kleider sind schon halbwegs trocken. Nur den Pulli hat sie neben sich ausgebreitet. Der wird noch lange brauchen, bis er trocken ist.

„Bist du von zu Hause weg wegen diesem Mann?", fragt Erik nach langem Schweigen.

Alina schaut ihn an. Dann nickt sie.

„Ich verstehe", sagt Erik.

„Nein, tust du nicht."

„Dann erzähl es mir. Was hat er getan?"

Alina wendet sich ab. Sie rollt sich auf die Seite, legt das Gesicht in die Hand. Sie beginnt zu reden. Sie spricht mit dem Himmel, dem See, den Tannen. Nicht mit Erik. Sie erzählt es sich selbst. Und während sie erzählt, spürt sie, wie ihr leichter wird. Wie alles sich verändert. Sie erzählt, wie ihr Vater Fotos von ihr gemacht hat. „Da war ich vier", sagt sie. „Da musste ich immer nackt auf dem Sofa sitzen, die Beine gespreizt. Und er hat gefilmt. Dann sind andere Männer gekommen. Die haben auch Fotos gemacht. Und mich angefasst. Ich hab geweint. Mein Vater hat mir ein Eis gekauft. Jedes Mal danach ein Eis. Dann musste ich mich anziehen. Und wenn meine Mutter nach Hause kam, durfte ich nichts sagen. Wenn ich keinen Hunger hatte, hat meine Mutter mich geschlagen, weil sie sich so viel Mühe mit dem Essen gegeben hat. Aber ich konnte nichts essen. Ich konnte auch das Eis nicht lutschen. Er hat mich gezwungen das Eis zu lutschen, damit man nichts merkt. Er war sicher, dass meine Mutter nichts merkt.

Mein Vater gehört zu den Leuten, die Kinderfotos verkaufen, im Internet. Ich bin zwar nicht hundertprozentig sicher, aber er sitzt immer an diesem Computer, wenn meine Mutter nicht da ist. Ich habe ihm gesagt, wenn er ein Kind aus der Nachbarschaft anfasst bring ich ihn um. Und hab ihm das Messer gezeigt. Er hat verstanden, dass es mir ernst ist. Seitdem haben wir nicht mehr miteinander geredet. Das ist besser so."

„Du bist abgehauen, weil du Angst hattest, du würdest ihn umbringen", sagt Erik.

Alina dreht sich auf den Rücken, schaut in den Himmel.

„Ich hatte das fast vergessen. Aber als ich heute Nacht Bobo und Markus gesehen hab, mit den Kälbern. Da ..." Sie legt die Hände über das Gesicht. Sie weint nicht. Sie liegt nur so da. Plötzlich, nach so vielen Wochen, muss sie wieder an Judith denken. Und an Lodda. Und Mücke. Wie es denen wohl geht? Nach einem langen Moment.

„Ich habe in den letzten Monaten in Berlin echt einiges erlebt."

„Das glaub ich", sagt Erik sanft.

Alina schließt die Augen. „Aber das, was Markus und Bobo mit Mucki gemacht haben ... Die sind so fertig, die beiden. So kaputt ... So fies ... So eklig ..."

Sie schlägt die Hände vors Gesicht. „Ich kriege dieses Bild nicht aus meinem verdammten Kopf." Sie ballt die Faust und schlägt sie immer wieder gegen ihren Schädel. „Es ist wie eingebrannt, da drin, weißt du. Dass der Markus so was braucht … Ich meine, dass er so was macht, bloß um sich …“ Sie spricht nicht weiter. In ihren Augen glitzern Tränen.

Erik beugt sich vorsichtig zu ihr herüber. Er streckt die Hand aus, fährt damit über ihren Kopf, den weichen, seidigen Flaum. „Deine Haare wachsen wieder“, sagt er leise. „Das sieht schön aus. Mit Glatze hast du mir auch gefallen, aber das jetzt … Das ist so weich … Richtig schön.“

Alina öffnet die Augen. Sie schaut in Eriks Gesicht. Wenn sie seine Augen sieht, dieses Lächeln, dann vergisst sie, was sie erlebt hat. Jedenfalls für zwei Sekunden.

„Du musst es Pertti sagen“, murmelt sie.

„Was?“

„Was die beiden gemacht haben. Wie die drauf sind. Pertti muss das wissen. Er muss etwas unternehmen. Er muss … Ich weiß nicht … Er soll sie rausschmeißen, er soll sie wegschicken. Erik, ich will die nicht mehr sehen.“

„Was genau haben die beiden denn gemacht?“

Alina wendet den Kopf ab. „Das sollen sie deinem Vater selbst erzählen. Ich tue es nicht. Es war zu schrecklich.“

„Und wo sollen sie dann hin?“, fragt Erik. „Das hier ist die letzte Station vor dem Knast. Wenn sie erst da drin sind, wird es nur noch schlimmer. Was glaubst du, was für Gewaltfantasien die da drin entwickeln, was die da noch lernen, was sie heute noch nicht kennen.“

Alina seufzt. „Aber etwas muss passieren!“

„Klar. Da wird auch was passieren. Pertti ist schon mit

ganz anderen Leuten fertig geworden, kannst mir glauben."

Alinas Stimme zittert, als sie sich an Muckis Qualen erinnert. Erik sieht sie nur schweigend an.

Schließlich fragt Alina: „Glaubst du, dass die Kälber wieder eingefangen werden?"

„Natürlich", sagt Erik.

„Aber die waren in Panik. Du hast es doch gesehen. Ich hatte Angst, dass sie alle in den Fluss stürzen."

„Mach dir darüber jetzt keine Sorgen. Die sind schon oft ausgebrochen. Die finden leichter nach Hause als wir."

Alina schaut Erik an. „Also stimmt das gar nicht mit dem Helikopter? Hat die Holzfabrik überhaupt Hubschrauber?"

Erik lacht. „Was glaubst du, wie sie ohne Hubschrauber hier arbeiten können? Die kommen, keine Angst. Irgendwann sind sie plötzlich über uns."

Erik beugt sich zu Alina, zieht sanft ihre Finger vom Gesicht und schaut ihr in die Augen.

„Wir haben eine gute Schule in Kuusana", sagt Erik. „Bis ich sechzehn war, bin ich auch dahin gegangen.

„Aber ich kann kein Finnisch."

„Es ist eine englische Schule", sagt Erik. „Du kannst doch Englisch."

„Nicht so gut wie du Deutsch sprichst", sagt Alina.

Erik lächelt. „Ich bin mit deutschen Jugendlichen aufgewachsen. Meine Eltern machen das seit Jahren, dieses Resozialisierungsprogramm."

„Da hast du komische Typen kennen gelernt, was?“

Erik nickt. Er schaut sie an. „Aber keine wie dich. Warum hast du dir damals die Haare abrasiert?

„Ich weiß nicht“, sagt Alina. „Vielleicht wollte ich hässlich sein.“

„Du bist nicht hässlich“, sagt Erik.

„Diese Schule in Kuusana“, sagt Alina nach einem Augenblick, „was ist das für eine? Ein Gymnasium? Ich war nur auf der Realschule.“

„Die gibt es auch. Kein Problem.“

„Ich war nie gut in der Schule.“

„Ist doch kein Wunder“, sagt Erik. „Aber mein Vater glaubt, dass du schlau bist. Er sagt, es wäre ein Jammer, wenn du keinen Abschluss machst. Er sagt, aus dir kann etwas Tolles werden.“

Alina spürt, dass sie rot wird. „Ihr habt über mich geredet?“

„Natürlich.“

„Wieso natürlich?“, fragt Alina.

„Weil meine Eltern sich für die Menschen interessieren, die bei ihnen leben. Was glaubst du, warum sie das machen, auf ihr Privatleben verzichten?“

„Ich weiß nicht“, sagt Alina.

„Weil sie wissen, dass immer mal jemand kommt wie du. Für den es sich lohnt.“

Alina schaut Erik an. Er lächelt.

Alina lächelt auch. Sie rollt sich herum, lässt den Oberkörper etwas vom Floß herunter und schöpft mit den Händen das Seewasser. Sie trinkt, wischt über ihr

Gesicht. Als sie sich aufrichtet, hört sie ein Brummen. Erik hat den Anorak ausgezogen, das weiße T-Shirt vom Körper gezerrt und schwenkt es wild in der Luft.

Der Helikopter dreht ab, macht eine Runde, kommt zurück, geht tiefer.

„Sie haben uns gesehen!", ruft Erik. Er strahlt, er lacht. „Sie haben uns entdeckt! Was hab ich gesagt!"

Alina schaut auf diese glitzernde, riesengroße Hornisse und weiß nicht, ob sie sich freuen soll oder nicht.

Sie hätte es noch lange so ausgehalten. Da ist sie sicher.

Als sich die Tür des Helikopters öffnet und der Co-Pilot zu ihnen hinunterschaut, winkt Erik noch einmal.

„Ich werfe euch Seile runter!", schreit der Co-Pilot. „Und den Gurt. Schafft ihr das alleine?"

„Klar!", ruft Erik zurück.

Der Helikopter senkt sich und brummt jetzt direkt über ihnen. Die Rotorblätter peitschen das Wasser auf.

Seile und Gurt werden heruntergelassen. Erik legt Alina den Gurt um.

Alina sieht, dass seine Wunde wieder stärker blutet. „Wieso du nicht zuerst?", fragt sie.

„Weil es so besser ist", sagt Erik. Er gibt dem Co-Piloten ein Zeichen. Der zieht Alina hoch. Sie schwebt zwischen Himmel und Erde, dem Helikopter entgegen. Der Co-Pilot zieht sie in den Bauch des Hubschraubers. Er lacht. „Alles in Ordnung?"

Alina nickt. „Schnell, Eriks Bein blutet. Er hat es abbinden müssen. Wir dürfen keine Zeit verlieren."

Der Co-Pilot versucht sie zu beruhigen. „Keine Angst, den haben wir in einer Minute."

Als sie eine halbe Stunde später bei der Holzfabrik landen, erkennen sie als Erstes Perttis Militärjeep. Eriks Eltern stehen da und schauen ihnen ungeduldig entgegen.

Sie umarmen ihren Sohn, der sofort mit dem inzwischen herbeigerufenen Krankenwagen abtransportiert wird. Dann kommt Pertti auf Alina zu.

„Na?", fragt Pertti. „Erik meint, du willst mir etwas sagen."

Alina nickt. „Ich brauche einen halben Tag frei. Ich muss Judith und Lodda einen Brief schreiben. Ich muss ihnen erzählen, dass es mir gut geht. Und dann möchte ich auf die Schule in Kuusana", sagt Alina. Und fügt hinzu: „Ich möchte Finnisch lernen. Und dann möchte ich bei euch bleiben. Genau hier." Alina schaut sich um. „Hier ist es schön."

STARKE MÄDCHEN

SERIE VON

Brigitte Blobel

Lea will es wissen
Lea ist fassungslos: Ihr Freund flirtet mit einer anderen.

Keine Panik, Jenny
Jenny will nicht nach Berlin umziehen. Ihr einziger Trost ist ihr Hase Momo.

Meike liebt Ken
Meikes Vater hat seinen Job verloren. Meike ist total überfordert.

Sofies Geheimnis
Sofies Bruder wird vom Leader einer Straßengang erpresst.

Immer wieder Marie
Marie bekommt seit dem Zwischenfall auf der Klassenfahrt nichts mehr auf die Reihe.

Alinas letzte Chance
Alina lebt auf der Straße. Eine Streetworkerin erkennt, dass Alina hinter ihrer coolen Fassade ein dunkles Geheimnis verbirgt.

TRAUMJOBS

Tina Caspari
Nella, 16
Schauspielerin

Angela Schützler
Kim, 16
Sängerin

Ulrich Hoffmann
Iris, 15
Model

Sibylle Luise Binder
Susan, 16
Fernsehstar

Manfred Meding
Hanna, 15
Webdesignerin